중국의 독자님들께
낯선 행성 지구에서
사랑을 담아

김초엽

行星语书店

행성어서점

[韩] 金草叶　著　[韩] 崔仁浩　绘
王志国　译

中国友谊出版公司

图书在版编目（CIP）数据

行星语书店 /（韩）金草叶著 ；（韩）崔仁浩绘 ；王志国译. -- 北京 ：中国友谊出版公司，2024.3
ISBN 978-7-5057-5735-6

Ⅰ. ①行… Ⅱ. ①金… ②崔… ③王… Ⅲ. ①幻想小说－小说集－韩国－现代 Ⅳ. ①I312.645

中国国家版本馆CIP数据核字(2023)第204630号

著作权合同登记号 图字：01-2023-5268

书名 行星语书店
作者 [韩] 金草叶
绘者 [韩] 崔仁浩
译者 王志国
出版 中国友谊出版公司
发行 中国友谊出版公司
经销 新华书店
印刷 天津丰富彩艺印刷有限公司
规格 787毫米×1092毫米 32开
6.5印张 80千字
版次 2024年3月第1版
印次 2024年3月第1次印刷
书号 ISBN 978-7-5057-5735-6
定价 49.80元
地址 北京市朝阳区西坝河南里17号楼
邮编 100028
电话 (010) 64678009

如发现图书质量问题，可联系调换。质量投诉电话：（010）59799930-601

以无穷的想象
探寻宇宙的细碎灵光

目录

╲

目录

另一种生活的方式

行 星 语 书 店

小心不要触碰彼此

拥抱仙人掌

刚到帕希拉的家时，那里的庭院里长满了仙人掌。视觉传感器识别出了仙人掌的品种，显示在了弹窗里。刺梨仙人掌、弁庆柱仙人掌、笛吹仙人掌、花座球属和毛花柱属仙人掌……高的、矮的、刺尖的、没有刺的，全部混杂在一起，许多仙人掌被杂乱无章地种植在庭院里。与其说这是仙人掌收集家的庭院，不如说是谁不小心把微缩的沙漠风景搬到了城市里来。门前经过的行人可能早已熟悉了这片景象，看也没看一眼，但也有人因此放慢了脚步，难以置信地瞪圆了双眼。

这房子的主人帕希拉无法与任何物体接触，我无法想象他要如何照料那些仙人掌。下一个瞬间我意识到照料仙人掌将会成为我的工作。

我刚按下门铃，门便打开了。帕希拉的房屋构造与传闻一致，十分独特。从门口进去，迷宫般的内部构造也随之展现。天花板上安装了复杂的轨道，轨道上挂着的简易玻璃墙如水波般波动。我向前走的时候，那些玻璃墙也一点一点地离我而去。沿着玄关的路走向客厅，奇妙的景致再一次进入视野。透明玻璃墙的另一边，满满当当的都是仙人掌花盆。我盯着一路延伸至客厅的仙人掌队伍，调整了我的视觉传感器。在客厅中央，我看见了坐在奇形怪状的金属座椅上的帕希拉。

“我来自可阿塔机器人派遣中心。”

帕希拉注视着我。他深灰色的头发高高地盘在头顶，眼神犀利，嘴角歪斜。与强硬的态度不同，他的身体半坐半站地弯曲着。传感器快速扫描了帕希拉的面容和身形，并将他认证为我的主人。帕希拉身上穿着的衣服材质特殊，会发出窸窸窣窣的响声，传感器识别出衣物与他的皮肤间留出了空隙，两者并未直接接触。经过面部分析，传感器发出警告，提示我帕希拉现在心情并不好。帕希拉自言自语地说了些什么，然后竖在他和我之间的玻璃墙慢慢折叠至天花板。

“从现在开始我将为您服务，请您下达指令。”

我与帕希拉对视，等待着他的指令。但帕希拉只是一直瞪着我，没有回应也没有下达任何指令。

我是帕希拉的第六任辅助机器人。过去半年里，帕希拉更换了四任辅助机器人，机器人回到派遣中心时，它们的磁芯都遭到了严重的破坏。偏偏只有机器人零件里最为重要且最为昂贵的磁芯部位遭到了预谋性的破坏，派遣中心的职员称这分明是非常了解机械构造的人的恶趣味。在观察了帕希拉的房屋——被称为“真空住宅”的这个地方后，我认识到一个事实，了解机械的内部构造对帕希拉而言轻而易举。

这个房屋设计非常精巧，最大限度地实现了帕希拉与其他物体的零接触。玻璃墙可以预测帕希拉的行动路线并移动路线上的物体，使其不与帕希拉发生冲撞；特殊材质的家具可以制造出细微空气层；家电产品则具备完善的无接触识别技术。即使是帕希拉在家里一直使用的轮椅上也有一个巨大的附属装置，它制造了帕希拉与特殊材质座椅之间的非接触层。虽然全都是从未见过的陌生物品，但在真空住宅里，它们像是一开始就配套好了的装置艺术作品，和真空住宅融为了一体。持续响动并变换位置的半透明玻璃墙的动势也宛若一场表演，它的色感、排列、构图鲜明地反映出世界闻名的顶级建筑师——帕希拉的美感。

我刚来这里的时候，帕希拉非常具有攻击性。他以高高在上的姿态对待我，用接触物体时痛感最轻的脚尖踢开物品。到了晚上，他会一边发出痛苦的声音一边在客厅里打转，早上则歪斜着嘴脸命令我将仙人掌重新整理，再以我未按照他的指令整理为由对我大肆责骂。

四十岁，达到人生巅峰的建筑家因为手术后遗症而不能再触碰任何物体。但是就物理角度而言，人类不可能什么也不接触地活下去，因此痛苦二十四小时不间断地缠绕着他。这样的人无法拥有温和的性格，是可以被理解的。但为什么偏偏是这半年？从派遣中心给的信息来看，帕希拉之前的一台辅助机器人用了近五年。机器人破损事件的发生，最多也就是在几个月内的事情。派遣中心的职员让我尽可能不要被破坏，但如果无法避免被破坏，那也要搞清楚帕希拉为什么突然开始以那种方式对待机器人。

最开始帕希拉的所作所为就像一个要把房子和墙

全都毁掉的人一样，我也被他的暴力所摆布，但只要我不加掩饰地避开帕希拉的踢踹，好像就会被他看出来。某一天帕希拉不满地说道：

“喂，那样避开自己的主人像话吗？”

“因为您想伤害我。”

“你就算被碰到也不会痛，就算被打碎也感受不到痛苦，不是吗。”

“确实不会痛，但会感到恐惧。”

“为什么？”

“被制作出来的时候就有了。”

“感到恐惧也是一种痛苦吗？和我的感受很像吗？”

听完帕希拉的话后我想，可能以前的机器人都回答道“不像”。帕希拉感受到的痛苦，和机器人被设置好的恐惧，感觉上是不同的。以前的机器人也许就是因为这个回答而遭到了破坏。我思考过后回答道：

“在我看来，是的。您想要尽可能地避免接触，我想要避免被损坏。虽然严格意义上来说是不同的，但就逃避这一点而言是相似的。”

“是吗？好不容易作为一个机器人来到世上，还要那样战战兢兢地活着，真是可怜。”

帕希拉用带有轻鄙的语调说完后，就停止了对我的暴力行为。

几天后，帕希拉像是做了什么决定一样开始在家里转来转去。他逐一地观察家中的物品，让我在每个物品上贴上不同颜色的标签。某一天有两个人来到帕希拉的家，按下门铃后在门口站了好一阵才走，而帕希拉盯着显示屏上的访客看了一小时也没开门。又一天，有人开了一辆大型卡车来到门前，帕希拉对我下达了这样的指令：

“把贴了红色标签的东西全部给那个人，包括地下仓库里的。”

开着卡车来的访客什么也没有问我，帕希拉也没有出去看。我只需要确认搬去门口的物品是否贴了红色标签。我一整天都在把东西往卡车上搬。箱子里几乎都是杂物，但不像是帕希拉的，而像别人留下的。因为大部分都是帕希拉根本用不了的、接触面积很大的东西。比如装着柔软坐垫的椅子、木偶娃娃、铅笔以及厚重的围脖，还有贴着大写字母S或“素英”字样的物件。

一周之后，有人开着货车来把地下仓库剩下的床、家用电器等大型家具带走了。又过了十天，帕希拉命令我把他不久前用过的物品也贴上标签。这次没有人开来大车一次性把这些东西装走，而是一两个人过来一件一件地搬走的。通过对话可以推测他们将帕希拉的物品作为特定研究对象，购买了下来。就像是早已计划好了一般，一切都按照流程进行着。

在处理家里物品的过程中，我发现了帕希拉研究有关自己触觉的痕迹，以及他在备忘录上写下的关于非接触技术的构思。某一天这些资料也被帕希拉一并处理了。帕希拉叫来了一个人，把装着资料的箱子交给了他，那个人好像完全不认识帕希拉。

“没有其他东西了吗？”

他不动声色地瞥了一眼屋里的仙人掌花盆。帕希拉思考了一会儿，摇了摇头。

到最后帕希拉都没有处理仙人掌，也没有照料它们，看也没看一眼就将它们丢在了一边。我在中心网络上下载了植物管理程序，并将仙人掌的全部记录上传，每当传感器弹出浇水提醒的弹窗时就去给它们浇水。但从仙人掌的特性上看，需要水或者营养剂的时候很少。即使帕希拉对仙人掌漠不关心，它们也长得很好。

在帕希拉将仙人掌之外的物件全部处理了之后，有两名访客来到了帕希拉的家。现在家里几乎不剩什么需要处理的物件了。我觉得他们说不定是想一次性买光仙人掌的仙人掌收集家，但与我想的不同，帕希拉命令我：

“不要给那些人开门。”

一个月前他们在门口站了好一会儿的景象浮现在我眼前。我通过传感器把屏幕画面放大看了看。他们衣服的口袋上印着伊甸园保育院的标志。帕希拉将他们完全无视，并在屋里转来转去，这时一通电话打来，好像是想要买下这栋房子的人打来的。

那天晚上帕希拉坐着轮椅来到客厅，然后从座位上站了起来。我从未见过帕希拉站起来过。这是他突如其来的行为。帕希拉赤着脚站在地上，因为疼痛皱起了脸。

“从现在开始千万不要再管我了。”

像命令又像祈求的话语。

“请问您想做什么？有什么我能帮助您的吗？”

帕希拉没有回答。他在无接触遥控器上比了什么手势，与此同时，把屋子变得像迷宫一样的玻璃墙开始向天花板收拢。畅通无阻的客厅旁边出现了巨大的仙人掌队伍。里面的仙人掌大多体型大、刺又多，仿佛一个武器库。

帕希拉走向花盆旁边，我猛然意识到他想干什么。在我没来得及阻止帕希拉之前，他张开双臂，把比自己还高的仙人掌拥入了怀中。

尖利的长刺刺入帕希拉的皮肤。刺扎入帕希拉的胳膊、脸颊、衣服里的皮肤。他发出了哀号，随之痛到晕厥，花盆们轰隆一声向前栽倒。高耸的仙人掌哗啦一片倒向帕希拉的身体，土撒了一地。其中一个仙人掌断了一截，断掉的一截朝着晕倒的帕希拉身边滚去。

刺、血迹、花盆碎片。

我呼叫了救援队的电话，但没有被接通。我打开了玄关的门，急切地走了出去。

我想请求人们的帮助时，看见早上我以为已经走了的女人还将车停在门口等待着。就算知道会受到惩罚，我依然打开了住宅门，他们连忙进门确认了帕希拉的状态后，呼叫了救护车。帕希拉被送去医院注射了镇静剂，他陷入了无知觉的世界。

看着陷入沉睡的帕希拉，女人对我解释道：

“帕希拉赞助了我们保育院很长时间。患上那个病之后，他有段时间没了消息，再次出现时，我们给他介绍了一名叫素英的孩子——我们保育院里一个和帕希拉一样患有接触综合征的女童。虽然比帕希拉症状轻，可以照常生活，但素英却难以融入同龄的集体。

不小心和谁的皮肤稍微有接触的话，她就会因为痛苦皱起脸，看到那样的表情，再善良的孩子也不会轻易靠近她。但是素英和帕希拉很容易就变亲密了。因为两个人都很了解互相要怎么对待彼此，怎样的距离才是安全距离。素英一点一点地教会帕希拉接触综合征患者怎样生活，要小心些什么，要怎么才会不痛。素英告诉他，她自己和他就像仙人掌一样，虽然无法轻易地拥抱，但看起来非常帅气。”

我点了点头，表示自己在听。

“从那时起帕希拉就开始改造自己的房屋，创造可以维持无接触状态的生活环境。在庭院和家中的一角种满了仙人掌。帕希拉每周末都到保育院来，但最后也没说要领养素英。他认为自己常常需要别人的辅助，所以无法养育别人。素英到了从保育院出去的年龄时，帕希拉高兴地带素英进了自己的家。两个人随时保持着些许距离，小心不碰到彼此，时而像亲人，时而像朋友一样生活。”

“素英现在去哪儿了？”

我想起帕希拉独自居住的事，于是开口问道。

女人露出了悲伤的表情。

“因为病情发现得太晚，素英在半年前去世了。疼痛是两人的日常，所以反而感受不到陌生的疼痛。帕希拉对于自己对素英说的‘痛’不以为意这件事感到非常内疚。认为素英的死是自己害的。素英去世之后，帕希拉唯一一次提起这件事是在接受一位认识了许久的记者的采访中。”

女人给我看了当时的视频，我看到了他接受采访的画面。

“临死之前那个孩子说：‘帕希拉，我可以抱你一下吗？就一下。’我张开双臂拥抱了那个孩子，直到最后也抱着她，忍着哀号，忍着眼泪，感受着皮肤表面刀割般的痛苦。所谓的爱，到底是不给予痛苦，还是忍受痛苦。最后，医生从那个孩子身上拉开了因为痛苦而忍不住发出叫声的我，我的脸已经被痛苦麻痹，床单上也满是泪痕。那个孩子在十分钟前就停止了呼吸。这时我才悲惨地认识到，于我而言，痛苦即爱。”

帕希拉回头看向寂寥的住宅说道：

“即便如此，还是有人愿意接受这份爱。”

短暂的沉默之后，帕希拉补充道：

“现在已经没有了。”

传出要卖房的消息之后，听到消息找来的人们分得了将帕希拉的家填满的仙人掌。不光是种在花盆里的仙人掌，还有人将种在地上的仙人掌挖出来用卡车装走。看着帕希拉巨大的仙人掌庭院一点点变小，我觉得那些仙人掌实现了自己的价值。帕希拉通过拥抱仙人掌完成了跟仙人掌的告别。

作为为接触综合征患者而设计的真空住宅的研究资料暂时被原封不动地保存了下来。帕希拉问我想要留下来与下一位房屋主人签订协议，还是想要回派遣中心。我选择了回派遣中心。

“不满意这个房子吗？我以为你很喜欢这里呢。”

我虽然想回答喜欢这里，但因为不是出于真心，所以无法回答。我展现出勉强的表情，这是我能做到的最复杂的感情表达，帕希拉就像理解了我的心意一样微微一笑。那是我第一次在帕希拉脸上看到微笑。

“帕希拉，你现在要去哪儿？”

“当然是要去很远的地方。”

“要去这个国家之外的地方吗？”

帕希拉没有回答，于是我意识到他要去的地方不是国外，也不是其他地方，而是比那更远的远方。

赛博格认可运动[1]

Eyeborgs 公司三周前发来了形象代言人的邀请。莉齐在两周前回复说她需要时间仔细考虑一下，之后也一直用各种借口推辞答复。最终对方还是打来了劝说电话。“是的，对；嗯，没错；我会好好想想的。”好好想想的话是出自真心的。莉齐思考了一整夜，第二天给出了回复。

1 原文标题为“# cyborg_positive”。——编者注

对不起，我无法下这个决定。除了我之外应该有其他人想得到这个机会，您可以试着接触一下那些人。

负责人那边马上打来了电话，用温柔的语气问莉齐苦恼的点是什么，有问题的地方都会帮助她解决，如果是条件问题，会最大限度地满足莉齐的要求，并表示她是最佳候选人等，用这类的话语哄着莉齐。“一天，就再认真地考虑一天。”莉齐被这句话堵住了嘴。因为邀请得太突然，明明就有不情愿的地方，但自己却无法准确讲出来。

莉齐长期以来有个坏习惯，就是每到需要做重大决定的时候，就把决定权交给别人。还不如负责人直接说“好的，我们找找其他代言人”，然后就此打住，就算会遗憾但起码会感到轻松。这次却不是那样的情况。莉齐想来想去，如果 Eyeborgs 公司只选一位普通代言人的话，只有她能胜任。“new optics107”拥有数千个颜色选项，能像莉齐一样完美消化的人很少。另外的决定性因素，就是在提出代言人方案前的几年间一直主动测评 Eyeborgs 公司全部产品的只有莉齐。所以……可以称之为真诚吧。除了纯粹的产品宣传之外，Eyeborgs 公司还别有所图。莉齐想起了反复阅读过数百遍的邮件。

您听说过“赛博格[1]认可活动”吗？北美地区流行过一阵“标签运动”，但遗憾的是没能继续举办下去。我们想趁着这次机会再现那场运动，我们想和莉齐女士一起给予赛

1　赛博格（Cyborg），是 cybernetic organism 的结合，实际上表示了任何混合了有机体与电子机器的生物，又称电子人、机械化人、改造人、生化人，即机械化有机体。——译者注

博格人肯定。控制论[1]是只有身体才具备的独特之美。我们希望通过肯定这份美来改善人们对赛博格的认知。

莉齐的眼睛很美，事故夺走她的眼睛之前就很美了，在装上机械眼之后就更美了。莉齐的眼睛随着光线的变化会呈现不同的颜色，人们会直勾勾地盯着她的眼睛说：“好像要陷入你的眼眸一样。”即使是短短十分钟的短视频里，机械眼也赚足了视线。她每次上传Vlog的时候，都能获得数百条评论。“姐姐，太漂亮了。”“感觉比我的眼睛漂亮。”“如果是机械眼可能会自卑，但很高兴看到你比任何人都大方无畏的模样。”“就是比一般人的眼睛好看，一点儿也不突兀。”“莉齐加油！想一直看到你明媚的笑容。”

1　控制论（Cybernetics），研究生命体、机器和组织的内部或彼此之间控制和通信的科学。——译者注每次看到奇特的怜悯和施予般的态度混杂在一起的留言，莉齐的心情都很复杂。但对于大部分的留言，莉齐还是会感到很满足。因为按比例算的话，美、漂亮、比正常的眼睛更可爱，这样的评论更多。每当拥有有机体眼睛的人对莉齐表达向往的时候，莉齐的内心深处便会有某种古怪的情绪在蠢蠢欲动。是自尊心吗？

“不是有机械眼还如此美丽，而是有了机械眼才如此美丽。”在直播中充满自信脱口而出的话，不知不觉间成了莉齐的标志。Eyeborgs 公司想表达的意思也差不多吧。“所有的赛博格都很美。”当把机械眼展露出来上传视频的时候，莉齐可能就希望代替一些人说出这句话。

机械眼的初期模型并不像真实的眼睛，连接眼球的皮肤与肌肉的运动看起来也十分受阻。人们对机械眼感到陌生。不知道是不是因为有人说人类的灵魂装在眼睛里，换了机械眼的赛博格比换了机械手或机械腿的赛博格会更容易被人当作机器。

开通视频频道之初，莉齐非常迫切。好像如果不这样做的话，就根本无法爱自己。莉齐研究了让机械眼在视频里看起来最美的方法，在后期修正上也下了功夫，并在 Eyeborgs 公司新的设计模型一上架就积极购入。运气眷顾了她的努力，大众意识到了机械眼的美，莉齐也收到了赛博格市场代表企业的代言人邀请。

但莉齐为什么会感到苦恼呢？莉齐横躺在床上摸了下自己不会感到疼痛的眼睛。因为是机器，也没有感染的风险。每天一次用清理液仔细擦拭就够了。在大多数情况下，机械眼比人类的眼睛方便。也许人类现在不仅得认可赛博格，还要称赞赛博格。机械的身体难道不是比有机体更美、功能更强吗？

莉齐很清楚这不是事实，机器无法与身体达到完美的呼应。眼睛经过了数万年的进化，即使存在设计错误，也能和有机体完美呼应。与之相反的是，机器与本来的身体经常出现不和谐反应。因为机器永远是由未完善的技术组成的。被机械眼狠狠挤压着的皮肤内部经常流出疮水。为了完全适应新的产品，要经过二十次的试戴，但到了快适应的时候，新的产品又出来了。

以 Eyeborgs 为首的公司，将产品分为了重视美感的产品群和重视功能性的产品群，想要使用美观又好用的产品则需要巨额的费用。如果成了 Eyeborgs 公司的代言人，对方可以给莉齐提供她之前没能买到的高价产品。但莉齐的直觉告诉她，这个决定会把自己推向别处。

那天晚上莉齐再一次阅读了塞满社交媒体消息窗的信息。“消息太多了，难以一一回复，但鼓励的话我全部仔细读了，谢谢大家。”这句话写在莉齐的个人简介上。但实际上发给莉齐的信息里，比起鼓励，倾诉烦恼的话更多。“姐姐，我也像姐姐一样用同一款产品的话会变美吗？”“我虽然有正常的眼睛，但我想要机械眼。”

“所有的赛博格都很美”，这句话真的能给赛博格们带去幸福吗？莉齐不明白。

哈密瓜商贩和小提琴手[1]

整个暑假，我和朱莉几乎都住在兰花街道。巨大的家具店对面有一条延展的小巷子，路口处的吵闹声恰到好处，远道而来的人四处环顾，丝毫不遮掩自己外地人的身份，我们穿梭在各个商贩之间也不会引起注意。那条街道在杂乱无章和悠然自得之间有着绝妙的平衡，可以把人们的注意力从我们身上移开。我轻

1　本篇小说的灵感来自阿尔弗雷德·艾森施泰特（Alfred Eisenstaedt）展示在“生活摄影展：最后的照片”中的《哈密瓜商贩和小提琴手》（1938）。——原书注

轻一推商贩的板车，弄倒装着材料的箱子，让商贩们不胜其烦，朱莉则避开商贩们的视线去拿苹果或者面包片。我们偶尔会偷点零食代替冰箱里不新鲜的罐头来填饱肚子。深夜，带着满身疲惫回来的母亲对于冰箱里原封不动的食物也并不感到惊讶。虽然我们有几次差点被商贩发现，但朱莉有着非常厉害的才能，即使手里偷来的橘子被发现了，也可以装作意外事故一样。多亏于此，我们很好地避免了危机。

除了被集市入口的哈密瓜商贩发现的那一次。

那天我们非常自信，根本没想过会被发现。一切如常。明明我把哈密瓜商贩的视线转移到了其他地方，但在朱莉偷哈密瓜的瞬间，哈密瓜商贩就像等待已久一般猛然抓住了她的手腕。若朱莉把哈密瓜放进T恤里，哈密瓜则太显眼。含糊其词的话，情况又太一目了然。我们就那样僵住了，只有眼睛动了动。是不是要说点什么，是不是要马上逃跑，他要把我们送到警察局的话怎么办?

在我们担忧害怕之际，出乎意料的事发生了。哈密瓜商贩一只手抓着朱莉的手腕，一只手夺走了哈密瓜，然后啪的一下放开了朱莉。

然后就没有了。我和朱莉慌张地看着彼此，双眼闪烁，但哈密瓜商贩已经不再理会我们了。他将视线移回了自己的板车。我和朱莉连忙逃离了那个地方。

哈密瓜商贩第二天还在路口卖哈密瓜。

第三天也是，第四天也是。

他偶尔会将视线投向我们，我甚至觉得他可能看见了我们偷其他商贩的水果。但他什么也没说。每天察觉到他视线的同时，我还发现了一个奇怪的现象。他每天带来满满一板车哈密瓜，但到了晚上也几乎未见减少。哈密瓜商贩的板车在这个集市里几乎没人在意。有些商贩在中午之前就卖完了所有商品起身离开，哈密瓜商贩却总是留到晚上闭市为止。来集市的人们大部分就像没有看到哈密瓜商贩一样径直经过。已经买了一堆东西的人们匆忙走在路上，撞到板车之后吓了一跳，好像这时才意识到哈密瓜商贩的存在似的，然后为表歉意，买了一个哈密瓜便消失了。

虽然奇怪，但我偶尔会觉得只有我和朱莉知道哈密瓜商贩的存在。我们留心地观察着哈密瓜商贩，并小心避开他的视线。不过我觉得哈密瓜商贩仿佛一直注视着我们。

临近收假之际，我和朱莉再次去了兰花街道，看到了令人困惑的一幕。哈密瓜商贩面前站着一个我们从未见过的男人。男人穿着跟哈密瓜商贩相差无几的服装，演奏着小提琴。他一只手揉着弦，一只手从容地拉着琴弓。我第一次如此近距离观看小提琴演奏，琴声混杂在人声鼎沸的环境中，显得十分异类，却以独特的方式吸引了我。我瞄了一眼旁边的朱莉，她脸上的表情也和我一样。

集市口的大部分人都对哈密瓜商贩和小提琴手漠不关心。很少有人看演奏，或是从口袋里掏出零钱，因为没看到男人身前有乐器箱子或是小费盒子，那些感到好奇的人也只是稍微踌躇了一会儿马上又消失在了集市里。我很好奇为什么哈密瓜商贩不赶走这个小提琴手。小提琴手站的地方几乎遮住了哈密瓜车，不仅没能给生意带来关注，反而变成了阻碍。但哈密瓜商贩用一种难以琢磨的表情点着头，专注地听着就在自己面前奏响的琴乐。

我和朱莉为了不离演奏声太远就徘徊在市场路口。男人大部分时间都站着演奏小提琴，偶尔会坐在椅子上休息。街道渐渐冷清下来，我和朱莉努力避开哈密瓜商贩的视线，稍稍鼓起勇气靠近了小提琴手。我们可以近距离看到演奏者用下巴固定住小提琴，轻轻地移动着手臂，琴弓在虚空中划出直线和曲线。最后，我们看到了帽子下演奏者的脸……

“他们长得一模一样！”

朱莉吓了一跳并喊出了声。

哈密瓜商人和小提琴手同时看到了我们。我也和朱莉一样被吓了一跳。我们打算逃跑，后退了一步，但瞬间又被眼前的两张长着完全一样的脸所吸引。小提琴手一边将视线转向我们，一边优雅地结束了正在演奏的曲子，坐在了椅子上。不管是哈密瓜商贩还是小提琴手，看起来都没有驱赶我们的意思，于是我也就忘了自己曾经偷哈密瓜的事情，厚着脸皮问道：

“两位是双胞胎吗？”

哈密瓜商人和小提琴手互相看了看，扬起了意味不明的微笑，再一次看向我们。所有的动作都达成了完美的一致，我陷入一种奇怪的氛围里，好像看了两面相对的镜子。我几乎确信了两人就是双胞胎。他们的眼耳口鼻每一处，包括脸部肌肉的运动和表情都一样。但出乎意料的是，哈密瓜商贩这样回答道：

“我们是不是双胞胎？哈哈，也可以这么说吧，虽然我们并不是双胞胎。”

“那你们是长得非常像的兄弟吗？”

这次小提琴手回答道：

“不是。虽然我们把彼此当作兄弟，但事实上我们比兄弟更亲密。我们相互联结的同时又相互分离。”

我和朱莉迷迷糊糊地看了眼彼此。既不是双胞胎也不是兄弟，那两人到底是什么关系呢？没有血缘关系的两个人会长得那么像吗？

我们没有再提问，哈密瓜商贩和小提琴手也没有再说话。哈密瓜商贩又开始默默地卖哈密瓜，小提琴手也再次站起来开始演奏优美的曲目。但是人们并不关心哈密瓜，一个个经过板车后朝着有更多东西的集市内部走去，也没有人停下来听小提琴演奏。

悠闲的下午过去，橙色的晚霞弥漫，集市变得越发冷清。

我们为了听小提琴演奏在那个位置坐了好一阵，感受到了空气中甜腻的哈密瓜香气。集市的商贩们纷纷收起板车开始离开这里，徘徊在街灯下、执着地留到最后的恋人们也消失之后，被黑暗沾湿的街道上，只有家具店的招牌发出的光照着这个摊子。

我和朱莉站起身拍了拍屁股上的尘土。

“你们是要回家吗？”

哈密瓜商贩问我们。

“今天什么也没吃吧？这个拿走吧。有点难剥皮，从中间划开挖掉籽就行。”

我们稀里糊涂地得到了一个哈密瓜。

“很开心你们听完了我们的演奏。”

我低头看了看手里大大的哈密瓜，刚想表达感谢，朱莉开口道：

“大叔，你刚刚说了‘我们’的演奏。但这不是小提琴手叔叔一个人的演奏吗？”

听到朱莉的问话，哈密瓜商贩稍稍扬起了长有皱纹的嘴角。

“那个家伙演奏小提琴就像我演奏小提琴一样。”

“为什么？”

“我们既不是双胞胎也不是兄弟，而是同一个存在的不同世界的版本。”

闻言我和朱莉相互对视。

“唉，哪有这种事？”

哈密瓜商贩和小提琴手听完我的话同时笑了出来，那个笑容看起来惊人一致。

“我在这个世界里卖哈密瓜，那个家伙在那个世界拉小提琴。不管在哪个世界，我们都是同样的人，都一样无法获得成功，我们常在这条街道相遇。虽然我也遇到过其他世界的我，但奇怪的是我们俩是最常碰到的。可以说是被卷入世界夹缝里的，不可避免的偶然事件吧。”

这次小提琴手开口道：

“最开始我们认出彼此的时候，只觉得好笑。那个世界的我不过是个因为无法获得关注而灰心的小提琴手,这个世界的我也只是个不会经商的哈密瓜商贩。”

“但我现在认为那也不是什么坏事。我喜欢这样每天早上拉着板车来集市，也喜欢演奏小提琴，我家里也有一个很早就有的小提琴。我偶尔也会想象我不再做商贩，而去当一个小提琴手会怎样？”

“没错,我也会想如果不当一个糟糕的小提琴手,而去做一个商贩，现在会怎么样？”

说完两个男人用同样的嗓音哧哧地笑着，他们看起来真的很愉快。我和朱莉呆愣愣地转动眼珠。我对哈密瓜商贩的话，那句“那也不是什么坏事”感到无法理解。如果两个人真的是同一个人，在一个世界里卖哈密瓜在另一个世界里拉小提琴的话，在哪个世界都没有获得成功肯定是件悲伤的事，但两个人的表情看起来又很愉快。

“好了，小朋友们，快回去吧，已经很晚了。”

我们沿着朦胧的街灯回了家，朱莉和我在路上一直一言不发。

那天晚上我爬上了朱莉睡觉的上铺，陷入沉思，好像听到了从远方传来的小提琴声。凌晨醒来在黑暗里翻过身，我又一次听见了横越寂静的夜晚传来的低柔的小提琴声。

到了早上我们把唠叨不停的母亲抛之脑后，有一搭没一搭地换了衣服，马上跑出了家门。

“朱莉，你也听见了吗？昨晚的时候，那个声音。叔叔直到深夜还在拉琴吗？”

朱莉和我在哈密瓜商贩每天都会拉着板车来的路口等待。但是我们等了一上午他也没来。我们想着下午再来看看。而到了下午，别说哈密瓜商贩，连他存在过的痕迹都没有了，第二天、第三天也是如此。

我们现在只是徘徊在集市上，也没有偷吃板车上的苹果和面包块，因为总是像以前一样，太无趣了。这样一来，商贩们反而眯起眼睛开始注意我们了，我们渐渐减少了停留在兰花街道的时间。但奇怪的是，我始终能在那个路口闻到哈密瓜的香味，还能听到从某处传来的小提琴声，可哈密瓜商贩却再也没有回来。

暑假结束后我们就再也去不了兰花街道了。假期的最后一天，走在回家的路上我开口道：

“那个叔叔，这次肯定去了别的世界，为了在那边卖哈密瓜。”

朱莉闻言点头说道：“没错，就是这样。”

黛西和奇怪的机器

黛西向我走来，说道：

“你带着一个很奇怪的机器，真的非常奇怪。这个机器正在把我说的话转换成文字，然后把那些字给你看。如果你回应了我，这个机器又会把你的话转换成文字给我看。但是仔细一看，漏洞百出。看吧，我刚刚说的话就被漏掉了很多。乱七八糟的，并不能准确地转换，不是吗？这种东西有什么用处？这里只有我和你两个人，我们也能听到对方的话，直接开口说话不就好了吗？”

我回答道：

“我们无法看到红外线和紫外线，但却知道那是真实的存在。宇宙充满了我们无法认知的暗黑物质和暗能量，它们存在于我们感知领域之外，并一直真切地存在于那里。再看看这个机器的文字，这些文字从一开始就是文字吗？在声音转换为电信号，电信号再转换为光显示在机器上之前，我们无法阅读它们。但是我们看到了转换后的光，听到了转换后的声音，感受到了转换，这所有的一切让我们真的看到了、听到了。如果世界上存在如此多的转换，如果能拓宽人类狭窄至极的感官领域，为什么你会认为其中某种转换是没有用的呢？”

黛西问道：

“但是此时此刻你和我处于同一种现实，不是吗？你现在听不见我说话吗？看不见我写的字吗？为什么要放一台对我们真实的对话形成阻碍的机器？”

H

我回答道：

“我们的现实真的一样吗？只有在这个现实中的对话才是真实的对话吗？你如何确定呢？有的人在星期三闻到香草的味道，有的人可以区分别人无法区分的各种红色，我们无法窥探遨游于大海里的鲸的想法，也无法得知寄生在大自己几千倍的躯体上的螨虫的感受。人一辈子都无法与别人的现实相联结。每个人都有自己的现实。如果我们的现实全都不一样，那如何能说其中某种现实更好呢？”

黛西陷入沉思，然后说道：

“啊，这样啊，我理解了一点。现在这里不同的现实，是分别独属于你我的。此时通过这个机器，又产生了一种新的现实。经过这里的人们，全部通过这个机器看到了自己的现实，因此这个机器只是无数现实中的一种而已，所以不能说这个机器奇怪。”

我点了点头。

“现在我也想要这个机器了。”

黛西说完笑了。

行星语书店

行星语书店人来人往，络绎不绝。虽然店员只有我一个，但到目前为止这并不算是一个大问题。来书店的大部分人都满脸好奇地走进来，环顾一圈书架后又黑着脸走出去。有同伴的人则窃窃私语："这里到底是做什么的？""好奇怪！"偶尔会有无礼的客人直冲向柜台表达不满："喂，这种书到底要怎么看？"应对方法很简单，我指着柜台背后的说明书，鹦鹉学舌般回答道：

"看到那后面了吗？那是总部的说明。"

看到这个书店里唯一能被阅读的说明书后，客人稍微冷静了下来。如果我摆出一副“我什么也不知道”“不要找我搭话”的职员表情，客人就会啧啧两声离开书店。我也不知道所谓的总部到底在银河系的何处，又是不是真实存在。不过无所谓，十年来的工资一次也没落下，行星语书店本身就是这样的书店。

行星语书店卖的是这颗行星的特产——用行星固有的语言书写的“无法解读”的书。这家书店的所有书都印有干扰电子脑翻译模块的细微图案。就算插入再昂贵的电子脑植入物，如果不亲自学习行星语的话，也不可能阅读书店里的书。

人们每次都来问：“那么，到底为什么会有这种书店？”答案清晰明了。因为在这个人类大脑可以设置支持数万个银河语言泛宇宙翻译模板的时代，也总有人想要徜徉在充满陌生语言的书店，领会异域体验。无法从某句话里提取具体的信息，就像一道风景与我擦肩而过……

虽然感觉是在胡言乱语，但没办法，想要吸引游客来到濒临灭亡的行星，除了这些异域体验，还有什么可以卖的呢？

正因为书店里的书无法被阅读，所以它被赋予了价值。世界上必然有一些人拥有别人难以理解的兴趣，进入书店的人里，有些人会发出感叹并产生兴趣，还有些人则带着半信半疑的表情买了书离开。因为有这些顾客的存在，书店得以维系。但卖出去的书，其中的内容将永远成为未知，我一想到这一事实就感到悲伤。了解行星语的人，现在银河系全域不过几百人，而母语为行星语的本地居民对以游客为对象的书店不感兴趣，所以这些书的读者终将不复存在。

二十岁第一次在书店工作的时候，我想给银河系游客们介绍我们行星的趣闻。曾经还分享过自己做的“行星语教本”，现在我知道了那是白日做梦。十年后的今天，游客们买走了一次也不会看的书，那些书永远也不会被翻开。被雨水浸得湿漉漉的清晨，这种书店让人沉浸在“倒闭吧”的心情里。

这种书店，真的倒闭了也无所谓。

但是……如果有恐怖分子觊觎这家书店的话，那就不一样了。我不希望书店以这种方式消失。

我注意到，一周前开始来书店的女人有些奇怪。

她是个很特殊的客人。高挑的个子，引人注意的墨镜和西装。女人和其他客人不同，脸上没有任何惊讶的神色，下午一直在环顾书架，直到太阳下山之际才买了两本书离开。第二天、第三天女人都在同一个时间段来到书店。

我观察了这个每天过来买走两三本书的女人，她太奇怪了，无法阅读的书买那么多干什么？

每周只有一个休息日，住在书店隔壁二楼的我想知道那个女人是否还会出现，于是打开窗户看了看外面。我看到那个女人站在书店门口直勾勾地盯着关着的店门。

她到底是谁？

那天晚上，我看到了令人慌张的新闻，是关于穿梭于银河系骇人听闻的恐怖组织的。他们声称自己是解放电子脑植入战线……统一身着正装，戴着遮脸的墨镜。天哪，那不就是那个女人吗？但恐怖分子为什么会来这种乡村行星？新闻后面提到他们说要进行干扰电子脑的恐怖袭击。电子脑干扰！这就是行星语书店的核心。这让人后背发凉。难道那个女人是准备利用这些书进行恐怖袭击？

这件事，必须阻止。虽然我对这一切，这异域体验和不能被阅读的书都感到了厌倦，但我依然是能阅读这些书的为数不多的读者之一，只要我活着，这些书就有价值。我无法放任这些书成为电子脑干扰恐怖袭击的工具。

那个女人今天也来了，她像平时一样在书架上挑选了书然后朝柜台走来。站在柜台前的女人摘下墨镜放在了口袋里，女人看起来比预想的慈眉善目。我开口问道：

“请问您需要帮助吗？”

女人没有回答，把挑选的书放到了柜台上。她的视线一直看向柜台后面，非常奇怪。我观察着女人，怀疑她会从口袋里掏出一把枪来。我下意识地随着她的视线回头，看到了后面墙上挂着的以前的招牌。

总部更换招牌之前一直用的是它，即使旧了但看着依旧不错。虽然写的是行星语，但它是由手工制成的，所以翻译模块可以进行解读。

“不好意思。”

女人突然开口差点将我吓晕过去。女人笑着说：

“比起行星语书店，ASTRO BOOKS好像更合适？”

“可不是吗，毕竟是以前的名字……”

我观察着她的行为，心不在焉地回答道。

“总部让我们统一店名。”

女人说着“原来如此”露出了遗憾的表情。明明是很正常的反应，我却完全不能安心。

“那这本书多少钱？”

不知道她是不是想通过提问使我放松警惕，可能观察了几天后今天才真正想搞恐怖袭击。

我一下子紧张起来，回答道：

“这本书……”

突然间我像是意识到了什么动了动嘴，女人再一次问道：

“多少钱？”

我无法接话，因为我刚刚才意识到一个奇怪的事实。女人说的话与我平时听到的经过翻译模块翻译后传来的话不同，她从一开始就在用行星语跟我对话。我有点发蒙，问道：

“您会说这里的话？”

女人点了点头。

“是的。”

“所以您能看懂这本书？”

“当然了。”

“怎么办到的？”

“额，因为我学了……？”

看到她一副“你在问什么傻瓜问题”的样子，我下意识说道：

“为什么？疯了吗？”

“啊？”

“为什么要学行星语？”

意识到自己在刨根问底，我慌张地闭上了嘴，我们两人陷入短暂的沉默。女人可能有些被吓到，眨了眨眼睛，稍微歪了下头，然后看到了比她自己更加惊慌的我的表情。

随后女人哈哈大笑。

女人正处于疗养年，是正在银河系旅行的教授。听说我误以为她是恐怖分子，她捧腹大笑，引来了其他客人的目光。她是专门学了行星语才来的，长的句子说起来还有些不自然。我小心翼翼地询问她是不是语言学者，她摇了摇头。

“电子脑翻译模块的植入手术给我带来了副作用，出现失误的医生怎么说来着？他说偶尔也会有这种不幸的情况，说什么您的大脑在安装翻译模块的时候，过于随心所欲地操纵语言，引发了模块与大脑的排异。因此银河系旅游是我做梦都不敢想的事。其他人只要安装了翻译模块就可以随便去宇宙中哪个行星，而我只能徘徊于听不懂也不会说的语言之中，这让我害怕。”

模块也不能入侵的大脑。我内心感叹道："真了不起啊！"女人耸了耸肩膀。

"然后我知道了这家行星语书店的存在，那时我才明白，以后我虽然不会万种语言，但那些会数万种语言的人读不了的书在等着我。"

女人说话时双眼闪闪发光，在知道这些不能被电子脑翻译的书的瞬间就下定了决心。总有一天会来到银河系背面的这个地方，阅读那些安装了电子脑翻译模块的人无法阅读的书。

女人说她是看上传到银河系网络的行星语基础教程学习的语言。那是我做的……女人听到我的自言自语笑了出来并说了声谢谢。虽然女人的行星语不如电子脑翻译模板翻译得那么完美和通顺，但却有种独特的魅力。"但是我始终没明白 kesisi 是什么。"女人抱怨道。我将本地人的发音念给她听，她发出了"哇"的感叹。

看着为了阅读谁也读不了的书从遥远的银河系找到这里的她，我突然有种如见故友的兴奋之感。听女人讲故事时，我一直犹豫着，最后忍不住问：

“离开之前要一起吃顿晚饭吗？”

女人笑着说：

“今晚就可以。”

那天晚上关上书店的门后，我站在书架前，心情好到想要跳舞。我们会成为朋友吗？就算不会我也很高兴能够遇见她。

我从书架上挑选了在这颗行星上生活了几十年的奶奶写的随笔集、包含书店黑夜白天的画册、有关电子脑恐怖事件的悬疑小说等。抖了抖灰尘，把书放进纸袋子里，绑上缎带。这些书经过漫长的等待，终于迎来了第二位读者。

愿望采集者

多年以来，我一直待在这个房间，长年累月，我拥有过许多名字。最开始来到这里的人叫我采集者，再后来，不知从何时开始也有人称我为收割者。我知道这些名字除了字面上的意思以外应该还有其他意义，但从未有人向我解释过。他们似乎理所当然地认为我知道这其中的含义。出于相同的原因，不久之前来了一位新面孔，用一个特别的名字称呼我。

“您就是那位‘象征’吗？”

象征，我有过这个名字，我点了点头。他盯了我好一会儿，开始一寸一寸地打量着我，连侧影也不放过。我对他的视线感到非常不自在，甚至开始怀疑是不是这个房间的设计让我产生了不舒服的感觉。他所投来的冒犯的目光，让我觉得他似乎已经忘记我是一个具有人格的对象。

又过了一会儿，他随意环顾了一下周围便离开了，但在此后陆续出现了和他行为举止如出一辙的人。

大概从两个月前开始，来到这里的人越来越多，并且会询问我一些没有列在清单里的莫名其妙的问题。在此之前来访的人都有着较高的社会地位，他们介绍自己为未来学的研究者或者数据科学家。但是最近没有高知头衔的来访者越来越多。他们有的是独自前来，有的是带着自己的爱人，有的是一家人一起来。他们蜂拥而至，吵吵闹闹得如游客一般。

他们把房间里的箱子一个一个打开看，好奇地戳一戳，把里面的东西弄瘪，并感叹“哇，这和我们想

象的一模一样！”“这些竟然都猜对了”“这也太离谱了吧”之类的话。然后突然回头看向我，问我：“喂，你觉得怎么样？”然而在此之前，在他们进入房间时却像已经忘记了有这么一项不允许与我进行互动的规定。是什么让他们无所顾忌？难道他们不知道我是这里随机表现的虚拟人格，在与我互动的过程中会改变我的属性吗？

这个空间是用来采集愿望数据的，从过去到未来2030年的碎片汇聚在了这里，对于未来的期待一点一点堆积在这里，收集到愿望的数据也是千奇百怪。2030年会是怎样一片光景，从社交软件上记录的个人理想，到各企业对于2030年发展的宏伟蓝图，再到各地对2030年的消费、教育、技术发展的趋势分析等，都被装在这里。这些东西与其说是愿望，更适合称之为“展望”。另外一些箱子里，则是从几十年前就开始写下的未来预测报告书，它们堆得像小山一样高。那些称自己为未来研究学的人大部分都会偷偷翻阅那些报告书。

还有一个专门收集预言故事的书库。以 2030 年为背景撰写的小说、电影以及电视剧也塞满了一个小书库。另外，还摆放着以 2030 年为背景设置的游戏控制台和电脑。这些故事与其说是投射在 2030 年的愿望，不如说那是人们并不期待到来的未来。从遥远的过去传来的数据有时会模糊不清，也不容易理解。

房间角落的箱子里保管着描绘了对于 2030 年科技设想的创意画。虽然大部分都是小朋友在科学日里画的画，但也有一些产生于学校以外，主要是报纸或杂志报道中的插画。漫画里的人物不仅畅游在 2030 年，还有对未来技术进行精细说明的图解，各种主题应有尽有。

我自己从未看过那个箱子里面的东西。但我知道我是由这些东西的数据所组成的，因为我就是其“象征”。我是反映所有数据的人格对象。虽然有着人类的外形，但这个外形又随着人们对 2030 年的设想实时变化着。

曾经有一次房间被重置，旧的数据和新的数据被重新排列。在排列刚开始时，我的样子十分滑稽可笑。有时正穿着过时还显得傻憨的贴身连衣裙，有时又在连动一下胳膊都费劲的宇航服里挣扎。

还有一次我变成了眼球突出、顶着个大脑袋的未来人类。我到现在都记得那时进到这个房间的人看到我后所表现出的惊讶表情。数据排列完成后，我也渐渐找回了比较正常的外形，现在基本上与人类的外形相差无几。

但是最近外形改变得越来越频繁，最多的时候，一天之内会变换数十次，从小孩变为老人、女性变为男性，每次都会变换出不同的皮肤和五官。

某一天，他来了。

“请跟我离开这里吧，现在我要把这个房间固定在这个时间点。”

我知道他是谁，在我与他见面之前我就知道了。他是这个房间的设计师，同时也是创造我、让我留在这里的人。这是我与他的第一次见面，他的分身向我伸出了手。

“那么我该去哪里？”

问出口后我开始感到慌张，连我的声音都在颤抖。粒子们一边闪烁一边散开，重新聚集组成我的手臂，下一秒就又破碎开来。

“你会去到人们的面前。”

他用十分温柔的声音说道。

“人们都在等你，想要看看你实际的样子。2030年已经到了。”

我预想到了。这一切的变化都是因为人们众多愿望象征的未来即将成为现实，或许来访这个房间的人数突然增多，以及我外形的变化都是源于此。

“那就不应该是在等我，而是不需要我了吧？”

“为什么会这么认为？”

“因为我只是各种愿望的象征物，现实则是在除此以外的地方。”

“你不是愿望的集合体，愿望是放在这个房间里的那些东西。”

他看着我的眼睛说道。

“你不是愿望，而是即将到来的未来。2030 年马上就要到了，构成了你的东西已不是预言，而是现实。你是象征，象征了与愿望的距离、现实与期待的落差，所以现在的你已经成为 2030 年本身。”

这时我才知道我到底是什么。我并不是遥不可及的愿望，而是已经实现的现实，所以我才会一直不断地变换身份。人类对于未来的憧憬并不一定会成为真正的现实。我一会儿是怪物一会儿是普通孩童；一会儿是领导者一会儿是被排挤的人。表面上是憧憬着的未来，但现实却与之大相径庭，我无法承受这种落差。

“那岂不是更可怕了，如果真是2030年的话……我的样子未免有点太过落魄。”

我吞吞吐吐地说着。

“不会有任何人期待着这样的未来，为什么要将我公之于众？反正就算你们不看也会经历这些的。”

“虽然人们马上就要迎来2030年，但还不知道它究竟是什么样的，所以很需要你。”

“我如此破碎不堪，甚至无法确定自己到底是什么。”

“大家知道的。”

他这么说道。他耐心地等着我，看向我的眼神既悲伤又温柔。我开始在想最初设计我的时候，他有没有期待过我是什么样的呢。

“到了该走的时候了，大家了解你，也都在等你。”

他向我伸出了手。

在短暂的犹豫过后，我抓住他的手走下了讲台。

我们经过堆满愿望的房间，走出了房门。

我的样子开始变幻莫测，我一会儿是打着哈欠的少女，一会儿是唱着摇篮曲的老人；一会儿成为摇着尾巴到处奔跑的小狗，一会儿又是遛狗的人；我上一秒还是凶神恶煞的罪犯，下一秒就成了见义勇为的天使；刚刚还在对着他人恶言相向，转瞬间又低下了头；我在铁轨上静默示威，突然又大叫着争吵着。

在打开这扇门之前，我不知道他们看到的我是什么样子，我是不是他们预想中的模样，但天马行空为虚，身体力行为实，只有真正见到过我的人才会知道我的样子。而我的样子，就是他们持之以恒的彼端。

不要再唱悲伤情歌

这次的时间旅行是因为情歌开始的。由于偏执的音乐审美，一位只喜爱新潮音乐的委托人，要求我分析一下韩国固定周期流行起情歌的现象。

管理时间的工作人员林秀智虽然对于接受这种委托感到很不耐烦，但是看到信息收集队呈上的“流行曲报告”后还是吃了一惊。报告里情歌呈流行趋势的年份是21世纪初期，以及2020年，2040年。虽有些细微差别，但是每二十年就会出现悲情歌曲刷屏的现象。人们隔一段时间就会喝着酒，醉醺醺地怀念着前任，

淋着瓢泼大雨祈祷着爱人回心转意。

历史调查部的组长并没有解释太多，就将秀智派遣到了过去。要求很简单，回到2003年的高中，调查学生们醉心于情歌的原因，以及这种现象为什么每隔二十年就出现一次。

“我都二十岁了。还要让我再上一遍高中，真是太过分了。”

没有人理会秀智的抗议。就这样秀智稀里糊涂地就变成了从首尔转学到地方城市高中的吝啬的女学生。虽然在教室前自我介绍道“我是林秀智，从首尔转学来的”，但内心却根本无法适应当下的情况。

就这样得过且过了两个月，秀智还是没有找到情歌流行的原因，收获的反而只有因为吃了太多炒年糕而增长的体重。上课睡觉，下课去小卖部、游戏厅、网吧，第二天上课继续睡觉……就这样日复一日。这里到底有什么线索呢？21世纪初，高中生并没有整日喝着酒、唱着伤感爱情歌曲，每日的生活都是平静又混乱。

某天，朋友们向秀智介绍了隔壁学校的小伙伴们。这群人中，虽然也有女孩子，但大多还是男生。朋友们和这些男生之间萦绕着莫名青涩浪漫的氛围，但由于秀智心智已是大人，对这些并不感兴趣。在打完招呼后，大家向着KTV走去，店长大叔递给了他们小圆点图案的话筒套。秀智看着孩子们每个人都点了歌，果不其然，不知不觉间大家就开始唱起了情歌。营造好氛围后，房间里就一直被伤感所浸透。得听多久爱情歌曲啊……秀智转过头，和一个打着哈欠的隔壁学校女生对视上了。她好像叫作贤姬，她咧开嘴笑了一下，做着口型说，出去一会儿吧。

“你，是从未来来的吗？”

在贤姬问她的时候，秀智一瞬间忘记了自己的身份，差点脱口问出你是不是疯了。贤姬笑了笑。

“一眼就看出来了，从未来过来的人，怎么说呢，就有那种感觉，像老人一样。”

贤姬说她也是从未来来到二十一世纪初的，来探索抒情曲流行的原因。

贤姬是从 2062 年来的，也就是说，比秀智来的时间还要晚二十年左右。

“那时候情歌还很火吗？”

“没错。”

21 世纪 60 年代 AR 网络芯片得到普及，只要有 AR 的地方就流行用情歌作为背景音乐。一位委托人的要求是，让时间专员回到过去，了解这个流行开始的原因。

贤姬也没弄清楚原因，看起来和时代以及流行趋势并没有很大关系。不论是 2040 年还是 2060 年，流行的虽不是哀切的爱情，但是人们也都在听悲情的歌曲。来到这里才发现，这里的人们也没有赌上生命去爱。

秀智和贤姬得出了结论，只是某些时代流行将爱情描绘得很哀切。

KTV，在秀智看来 KTV 是个重要的因素。

“就是嘛，虽然是唱着爱人去世的歌曲，但看起来也没那么悲伤。”

透过半透明的窗户，瞥了一眼对面的男孩。他本来因为和女朋友分手而黯然销魂，现在看起来就只是沉醉在自己的歌声里。仔细想想，从刚才开始就一直有个女生看着他，贤姬说道。

“没错，像孔雀羽毛一样，抒情曲只是工具，一边帅气地唱着离别的情歌，一边渴求着新的爱情。”

虽然并非一定如此，但这次贤姬说的话好像确实是正确的。秀智和贤姬没有回到房间，而是好奇留在里面的那个女孩在想些什么。浪漫是时代的发明。虽然不是所有爱情都如此悲伤痛苦，但人们好像需要和他人分享这种伤心的爱情回忆。

“但是……唱得确实不错。”

秀智和贤姬看了一眼对方，点了点头。

无法捕捉的风景

“Ricky，怎么回事，文件打不开了？”

“请你快点检查一下，应该是我们的新婚照片出问题了。”

Ricky 在收到来自十位顾客相似的信件时，开始意识到发生了一些不同寻常的事情。信中虽以“亲爱的 Ricky”作为开头，但是内容却都是令人背后一凉的投诉。投诉本身并不少见，并且大都是因为顾客们不熟悉传统照片数据处理的操作所导致的。传统照片其实是一种“正在消失的技术”，这种技术操作烦琐，需要按照说明，根据特定的方式进行检查和修补。偶有顾客想要在纪念新婚或首次行星假期的时候选用这种拍摄方式，但他们从打开这些数据起就举步维艰。

这次的事件与之前不同。Ricky 远程登录顾客的个人终端，按照顺序熟练地打开照片文件，随即出现了错误提示的弹窗。

“无法处理数据。”

Ricky 强制打开了文件程序，但大部分照片要么无法显示，要么是遭到损毁或不完整，像被烧毁了一般支离破碎。在过去几周里 Ricky 收到了十组这样的顾客反馈，他开始浑身战栗，这可怎么办，到底发生了什么？

“不好意思。我们正在调查原因，请耐心等待几天。”

Ricky 出着一身冷汗给顾客们回信。以前工作中也闯过祸，但是基本都在可控范围内。比如在给顾客发送数据时出现了错误，但底片是完好的；或者照片有损毁，但是可以通过后期再次修复。曾经也偶尔出现过因为准备的设备出现问题导致照片无法使用的情况，但那也仅仅是 Ricky 刚开始从事这项行星旅行传统拍摄工作时，会发生的低级失误。

又是一整夜灯火通明，Ricky 揪着头发焦急地分析着照片。如顾客所言，文件确实已经损毁，但能确定的是，这不是数据传输或后期修图过程中发生的错误，而是原片出现了问题。不过并不是同一台相机拍出的照片都有问题。Ricky 拍摄的三十组照片中有十组发生了这样的错误。他清楚地记得检查这十组照片并进行后期修改的过程，这就说明照片在最初储存的时候并无异常。

不管原因是什么，必须尽快解决这些问题。顾客们起初能等个一两天，如果向他们表示诚挚歉意，一周或是十天他们应该也会等。但是不能再拖延下去了，因为等待时间过久可能会要求退还拍摄费用，甚至要求赔偿。

尽管 Ricky 的要价和同行业的其他人相比并没有

很大差异，但拍摄传统照片的价格，对于普通的行星游客来说依旧是一笔不小的开支。拍摄传统照片会额外产生很大一笔出差费，因为摄影师需要前往拍摄现场，所以就需要支出其往返停车场和行星之间的费用。大多数行星游客会用景区内公用的无人机或配有小型记录仪的机器人进行拍摄，也有人会用隐形眼镜或脑中植入的简易视觉记录仪进行拍摄。但是 AI 拍摄无论再怎么迅速发展，游客们最重视的问题是由“谁”来拍摄才能捕捉到最自然的瞬间。Ricky 就是凭借着这种无法被 AI 替代的拍摄技术才生存下来的。大部分行星旅行者都有相似的观点。

“嗯，其实我们以前也没有尝试过这样的拍摄。但毕竟是新婚，就下定决心来预约了。”

但问题就在这个“下定决心”。虽然 Ricky 对自己这个在宇宙旅行的同时，帮人记录下美好的瞬间的工作很满意，但与此同时又要对顾客的“特别时光”

负责，顾客们的期待使他倍感压力。这在使用以纳秒为单位记录的无人机时代来说，多少显得有些违和，传统拍摄的特别之处就是在这种岌岌可危的环境中对比产生的。

经过一整夜的研究，Ricky终于发现了这些被损坏的照片的共同点。这些照片都是在行星Mullion-846N上拍摄的。Mullion-846N行星与以前的地球有着相似的自然风景，目前还未完全开发，而且十分偏僻，所以并不是个受欢迎的旅行地。但是Ricky在过去几个月间说服了很多游客将Mullion-846N列入旅行线路中，因为那颗行星最近出现了十分罕见且美丽的气象景观。

Ricky试图在一个专门从事行星旅行传统拍摄的自由摄影师组织上寻求帮助，但是由于Mullion-846N行星过于偏远且很少有人去过，即使发送了文章，大家也只是挖苦道："就是哪里出错了呗，再重新检查一遍吧。"Ricky深深叹出一口气，在关闭全息屏的那一瞬间，朋友善发来了一段话。

“会不会是因为那个行星的环境导致摄像机坏掉了？”

这有可能吗？这台相机经过数千次的虫洞旅行都没有受到任何影响，为了买它不知道花了多少钱……但这确实是一个值得思考的问题。宇宙如此广阔，一切皆有可能。

Ricky 取消了未来十天里前往医院和聚餐的计划，乘坐宇宙飞船来到了 Mullion-846N 行星。也许因为此前已经见过数十次，接待处职员似乎都认出了 Ricky。Ricky 接过出入通行证，小心地问道。

“那个，不好意思，打扰一下，请问这里是无法拍照片吗？或者曾经出现过在这里拍摄的照片发生损毁的情况吗？”

工作人员莫名其妙地看向 Ricky，正当 Ricky 为自己愚蠢的问题尴尬到准备逃跑的时候，工作人员突然

抓住了他的手。

“原来是你啊！那位经常来这里拍摄婚纱照的摄影师。”

“嗯，是我没错。”

“我们研究院让我们找到您后就请您过去呢。”

“嗯？为什么？”

“因为我们可能和您一样遇到了相似的问题。”

行星研究院的工作人员让 Ricky 先坐下，像审问一般问了许多问题，又把 Ricky 带到了 Ricky 给顾客们拍照的地方，同时也是 Mullion-846N 上唯一可以观光的地方。

柠檬黄色的雾气在山谷中梦幻般弥漫，飘浮在空气中的粒子反射着斑驳陆离的光，如光破碎一般。随着时间变化，在两个太阳的照射下，所呈现的颜色也迥然不同。这是大气中飘浮的金属微生物与硫化氢发生反应造成的，已经持续了三个月之久。这种现象在

Mullion-846N 上是十分罕见的，也有不少行星旅行者闻讯而来，他们临崖俯瞰，对着此般景象不住地感叹。也有人用无人机拍摄视频或照片，但是这些照片经过一段时间后也都无一幸免地被损毁了。

“意思是说这些星尘的微小颗粒导致了数据出错？就像病毒一样在吞噬这些数据吗？”

“没错，所有使用银河标准视觉数据格式的资料都受到了雾气的影响。录制的音频没有问题，但是可视化的一切事物都无法被捕捉到。因为现在我们使用的所有记录方法都是按照标准形式统一的。我们还以为你是发现了什么特别的拍摄方法，没想到不是的呀。”

“太奇怪了，真是什么事儿都有啊！”

Ricky 呆呆地看着眼前的风景，虽然美丽，但无法被记录。

Ricky 为了拍摄下 Mullion-846N 的风景，几天里尝试了很多方法。其他拍摄传统照片的摄影家也产生了极大的兴趣，提出了很多拍摄建议。考虑到这个问题关乎自己的职业地位，Ricky 连续几天几夜都在调整设置和更换装备，尝试找到记录星尘的方法。但是不管是调整拍摄方法还是修复损毁照片，他都一筹莫展。如果到最后还是失败的话，他打算去银河尽头的旧货商那里，空运一台已有数十世纪都没有人用过的模拟摄像机。

“这样去可不行。你为了拍照片到处乱跑，本来完好的行星生态环境开始变得不稳定了。现在已经响起了警报，如果要拍摄的话，就等到一个月后雾气消散了再来吧。”

“那么在这之前，都不会有人去拍摄这些星尘了吗？”

“是的。”

“这从美学角度来说也太浪费了。”

“听好了 Ricky。你已经违反两次规定了。我已经睁一只眼闭一只眼了。游客只要违反一次规定，或是移动了一颗小石子，都会被永久禁止进入，你明白了吗？”

Ricky 现在才知道在这里有着比记录更加重要的规定，一时之间有些羞愧，但同时也十分遗憾。保护好宇宙中唯一存在的生态固然重要，但是这样美丽的场景就只能眼睁睁等着它消失，甚至星尘消失后就不会再次形成。这种现象十分罕见，下一次的话可能得等上几十年。

“没办法了，又不是只有这一个画面是不能被拍摄的。”

是善发来的信息。他说得没错。Ricky 在环游宇宙的时候，经常遇见这种情况。Ricky 的工作是将每一个美好的瞬间记录下来，虽然他也已经尽了最大的努力，但是那些美好就只能留存在真正见过它们的人的心里。

在得出了“没有办法”这个结论之后，Ricky 稍微放下心来，在 Mullion-846N 到处欣赏。这里规定十分严格，移动一颗小石子都不可以，由于纪念品收益全部要当作研究基金，因此价格高昂……好不容易从记录美景的责任感中解放出来，在行星上转悠。

又收到一封来自善的信息。

“但是Ricky啊，因为大家看到了你之前上传的帖子，都说要去看看呢。该怎么办？”

每天都有人来Mullion-846N。虽然严格限制了当日进入行星的人数，但是似乎有更多人来咨询，想要亲自看看这无法拍摄或是记录的星尘。行星环境研究院的工作人员每当在餐厅看到Ricky的时候，都会向他投去埋怨的眼神。不是，是谁之前抓住我不放，非要让我帮助的。

在Ricky还在冥思苦想该如何拍下星尘的时候，现实却催促着他该回归本职工作了，明后天就要出发去往其他行星。几周之后柠檬色的星尘就会完全散去，它们只会留在人们心中。虽然无法用照片记录，但大家也想尽其所能用眼睛记录下这样的风景。

Ricky在拿着摄像机出门散步的时候，发现一条小道的尽头有一个展望台，那里挤满了人。人虽然多，却没有吵闹声，反而十分安静，像一幅画一般。走近一看，是一个老人立了一个组装式画架，正在作画。展望台上的人虽然都注意到了画，但不约而同地没有打扰老人，保持了一定的观赏距离。过了一会儿，一个小孩拿出了记事本，又有一位女士在自己的终端机上敲打着什么。

其他的行星旅客仍旧把手放在口袋里，但是没有任何人去打扰这些在进行记录的人。旅客们都屏息凝神，听着风声、笔声沙沙作响。眼前的星尘散开又聚集，光与影变幻的样子清晰地倒映在每个人的眼中。这样过了一会儿，不知道什么时候，连风也停了下来，在一片寂静中只能听见书写和绘画的沙沙声。Ricky静静地站在一旁听着声音，一直注视着那无法被相机定格的，最终会消失的瞬间。

行 星 语 书 店

另一种生活的方式

沼泽少年

林荫道的那边是他们的领域，而这里的泥沼是我们的。

我们在浑浊的水面之下，在漂浮着的鸟类和腐烂的草丛之间，在潮湿的泥土下伸展如长丝般的手臂感受沼泽。地面上传来的声音和震动，空气中弥漫的味道，构成了我们所感知到的世界。我们在堆积的液体下，吞噬着无数生物的尸体，将死亡转化为生命，再将生命转化为死亡。

少年来到沼泽的那天也是如此，我们正在享用一只刚咽气的鳄鱼尸体。就在忙碌分解鳄鱼的时候，突然感受到了林荫路另一边传来一阵莫名的震动。我们绷紧了神经。对于我们来说，沼泽是一个富足的世界，但同时因为对这个世界了如指掌，我们也渴望新的刺激、新的分子和新的味道。沿着林荫道传来的脚步声逐渐清晰，躲藏在鳄鱼尾部的我们悄声嘀咕着。

“快看，是人类，很小的人类。”

“很小的人类？”

“是长得像欧文的人类，但确实是很小的人类。”

我们听着少年的脚步声，嗅着他褴褛的衣服上传来的恶臭味道，观察着他一瘸一拐的走路姿势，无一不感知到他的绝望。菌丝体像蚂蚁群一般兴奋地透过泥土触碰着少年的鞋子，但是少年朝沼泽走来丝毫没有察觉到。少年走到沼泽前，像腐烂的芦苇一样倒在平坦的石头上。我们中有一些同伴兴奋地颤抖着身子，有人发话了。

“现在就把这个孩子吃掉吧。”

话音刚落,兴奋的声音像水波一般扩散开来。不错,吃掉这个孩子吧,吞掉他吧,把他拖下来吧,他会成为新的分子,是新的味道,会给我们带来新的刺激。

男孩很明显命不久矣。被撕坏的衣服中露出的皮肤满是伤口和瘀青,没有一块是完好的。唇瓣中吐出的呼吸声细不可闻。我们需要的是腐败的死亡,需要分解死亡,我们所渴望的就在眼前。我们有的涉水而过,有的经过泥土和石头的表面接触到了男孩的皮肤。他们失望地说:

“还活着,还在呼吸。现在还没办法吃。”

虽然失望的情绪在我们之间扩散,但大都能迅速冷静下来。对于我们来说,部分的死亡不代表整体死亡。与我们不同,他拥有完整的结构,尽管身体的一部分遭到损坏,但不会轻易死去。男孩受了伤,现在治疗恢复又太晚了。他整天躺在石头上,到了早上便呻吟着起来，从破旧的包中拿出饼干狼吞虎咽，喝着周围水坑里的水，干呕着。当意识到重新入睡的男孩直到日落也久久没有醒来时，我们都兴奋起来。

再过几天，沼泽就会有新的分子了。

*

我们在等待着男孩入水，成为我们的一部分。

欧文·穆奇说这个男孩可能是从林荫道另一边逃到这里的克隆人。人类为了制造可以在濒死时交换的身体，隔离出了一个城市，在里面制造克隆人，有时会有一些遍体鳞伤的克隆体跑出来。这些知识都是几个月前加入我们的生物学家欧文告诉我们的。欧文因为违反了人类的规定，被扔进这个沼泽作为惩罚，沉入沼泽后我们将它吞入并分解了。但是，他顽强抵抗，拒绝融入我们的菌丝体连接网，最终我们没有完全消化他，他的分子们团结在一起，形成了特殊的神经细胞粘附在菌丝上，也因此保留了他的精神意志，形成了奇妙的神经元－菌丝复合体。于是我们把曾是人类，未被完全消化的复合体称为欧文。

“这小子马上就会死的，人类没办法在这种地方存活下去。”欧文·穆奇保证道。

我们十分认同他的话。尽管少年循着本能，逃离了被杀害的命运，但在这里又要面临另一种死亡。这是只有个体生命才会经历的矛盾与挣扎。但是少年很快就会知道另一种生活的方式，那充满了不一样的感觉。少年现在的生活像是一盏半明不灭的灯，看不清前路的方向。我们伸出手臂，凝结出菌丝体，向少年的神经系统搭话：到沼泽里来吧，这里面很安全。

*

一开始男孩并未理会我们，在我们通过男孩的神经系统和他搭话时，他皱起眉头，扫开我们缠在他腿上的菌丝体，尽管这些动作都代表他能感知到我们的存在，但却并没有回复我们，欧文·穆奇觉得他可能不会说话。男孩每天大部分的时间都是靠在石头上呻吟，他溃烂的伤口早已无法愈合。男孩喝着巨大热带植物树叶上的积水，用手挖罐头里的食物吃。但是他的行为并未流露出一丝生机，就像在等待死亡一般。

我们不断地向男孩搭话，菌丝体已将沼泽完全占领，这里已成为我们单方面吞噬男孩的渠道。来沼泽里吧，这里很舒适很宁静，我们会好好招待你的。这之中无半句假话。

直到某天，男孩从位置上颤颤巍巍地站了起来。

我们感受到了一些变化。

男孩慢慢走向沼泽，他将破烂不堪的鞋子脱下放到一边，把脚慢慢泡入沼泽中。男孩浑身散发着绝望的味道，他看着沼泽的表面，欧文说过人类看不清我们的形态，只是看起来像灰白色的细线漂浮物或是覆盖在沼泽上的蜘蛛丝。但是现在不知为何，男孩似乎看到了我们，看到了存在于沼泽中的我们。

我们对男孩说：

“快来吧，这里有你渴望的宁静。”

少年朝着沼泽的深处、更深处走来。水变得浑浊，我们一点一点缠绕在男孩的身体上。水已漫过男孩的大腿，我们屏住呼吸静静地等待着，为了不刺激到男孩，小心翼翼地伸展菌丝。

这时男孩发出了一声细小的呻吟。

“啊。”

一条水蛇扒开我们慌张地逃走了，这使少年停下了脚步，荡起的泥沙让浑浊的水变得更加无法看清。

男孩喃喃自语，这是我们第一次听到男孩的声音，一定是刚才那条水蛇咬了他。

我们继续对男孩说：

“快到沼泽里来吧，再往深处来，这里没有痛苦和悲伤。”

“水好冷……”

男孩又在喃喃自语。我们等待着少年往深处来，不断地对他说：“快来这没有痛苦的地方吧。”但是男孩依旧停在原地，不再移动脚步。冰冷的沼泽寒气入骨，被水蛇咬了一口仿佛惊醒了他。

紧接着令人难以置信的事发生了。

男孩没有再往深处走，而是弯下腰，用双手一捧，将沼泽污秽的水和漂浮着的异物，以及缠绕在这些上面的我们舀了起来。

然后……放到了自己的嘴里。男孩喝下了我们，咕噜咕噜，将我们吞了下去。

我们惊恐地散开，慌慌张张地躲避。

他吃了下去！

他把我们吃了下去！

我们被吞咽下去了。

男孩喝得很急，满溢的水从他的嘴角哗哗流了下来。我们之中的一部分、泥土、虫子的尸体，以及腐烂的植物残骸也一起掉了下来。

“我要活下去。”

男孩对我们说。

“我不会被吃掉的。”

少年、欧文……他们不一样，他们和我们不一样。我们满足于感知沼泽的整体，而他们不一样，他们被困在一个独立的个体中。他们只能看到单个个体所感知到的极其狭隘的世界。尽管如此，他们依旧满足于个体，真的很难理解。

男孩把被我们吃掉与死亡画等号，我们并不同意这个观点。成为我们只是意味着成为另一种生物，我们是自由的，我们是活着的。

但是我们发现他们的想法与我们不同。

我们问欧文·穆奇你是否是不幸的。

“现在并不是，但是这只是备选方案。”

连接网传来了欧文·穆奇的回应。

独特的个性，这让我作为人类的时候感到最为不幸和寂寞，但同时也让我活了下去。独特的个体与成为整体中的一部分并不矛盾，或者说，从一开始人类就没有整体这个概念。

我们虽然无法理解欧文，但还未被完全消化的欧文·穆奇是我们面对这些问题的线索。男孩现在也是沼泽的一部分了，如果不是沼泽给他提供水和养分，他一天也活不下去。尽管如此，男孩还是不想完全成为我们，人类天生就有着这样的矛盾。

*

我们待在男孩的身边观察他。被男孩吞掉的一部分通过他的消化器官重新回到了沼泽，它们对于被少年吞下感到十分羞耻，另一方面也为这种经历产生的新感觉而感到兴奋。男孩在吞下我们的时候，我们发现，不只有我们，还有生活在沼泽中无数的微生物和线虫，以及各种病菌也进入了男孩的器官内。我们期待着男孩被感染，撑不了太久。这样一来，我们就可以尽情享用他，欢迎新来的分子。

但是事情不会这么简单。

男孩的身体恢复了不少，有时他会无视我们，有时会威胁似的盯着沼泽。我们之中的一部分依旧在不依不饶地诱惑着他，男孩应该是生气了，走近沼泽又把我们舀起喝下。我们哀号着四散开来，过了一会儿重新聚在一起观察着男孩,欧文·穆奇只是在一旁笑着。

栖息在沼泽附近的生物成了男孩的食物和饮用物，它们从男孩的身体排出后重新流入沼泽被分解。经过一段时间之后，我们和男孩之间交换的分子越来越多，沼泽的分子渐渐成为组成他身体的粒子，曾经是男孩的组成分子也融进了我们的菌丝体连接网。

我们开始思考用其他方式来组成我们的连接网以及“我们”。

我们感到和男孩的距离更加近了，进入彼此的物质越来越多，男孩逐渐被我们松散的网圈住。他所吃喝的东西、呼吸的空气构成了身体的粒子，然后又回到了沼泽中，我们共享一切物质。

如果男孩一直待在这个沼泽的话，他总有一天会变得和我们一样，由相同的物质组成，成为我们的一部分。区别仅在于他拥有不同于我们的身躯。

还是有一部分同伴附在男孩的胳膊和腿上，对着他说："和我们一起去往没有苦痛和不幸的地方吧。"但是我们中的大多数都知道他不会再因这样的话语而动摇。

他偶尔会走到我们这里来，静静地看着我们，看着漂浮在沼泽上面的我们，仿佛能看穿我们在想什么。

你们原来是在这里啊。

男孩好像在说这句话。

*

林荫道的另一边有陌生的物体飞到沼泽上空进行轰炸，欧文说那叫作无人机。沼泽里的生物跑了出来，炮弹的残骸落入其中。我们分散开来，撕裂、哀号着，欧文尖叫着说要把男孩叫来。他在岩石旁瑟瑟发抖，因为恐惧而动弹不得。但是如果一直待在这里的话很快就会被发现，我们缠绕到他的胳膊和腿上，催促他，别在这里待着了，到那棵倒下的树后面去，把泥土涂到身上，躲到草堆里。鸟群因为无人机射出的光线四散逃开，沼泽一时间变得混乱不堪。男孩听着我们的指挥躲藏着，无人机一直向沼泽投掷着什么，这摧毁了我们的一部分，菌丝体连接网也被破坏，但是他们没有发现男孩，只有一台无人机带着男孩的旧衣服离开了。一天又一天过去了，无人机没有再来。

男孩在震惊中迟迟无法回神，没有洗掉身上的污泥，只是呆呆地坐在地上。

“他们是来找这个男孩的吗？”

我们问欧文，欧文则有几分怀疑，并说道：

“也有可能，但不仅仅是这个原因。人类对这片沼泽有着极大的兴趣，包括对占领这片沼泽的你们也是。”

“不会的，对我们产生兴趣的人类就只有你。”

我们告诉欧文，但欧文只是笑笑。

自袭击之后，沼泽到处残败不堪，特别是我们失去了很大一部分的菌丝体连接网。但是不管是沼泽还是我们，都开始慢慢恢复起来。我们把储存在沼泽深处的养分取出，连接断开的连接网。袭击只是破坏了表面，藏在泥土下的连接网安然无恙。我们为修复工作而忙碌着，修复我们破损的感知体系。沼泽里其他生物安置好受伤的幼崽后也开始重新筑巢，将燃烧后的灰烬作为养分，再次播下新的种子。

忙碌的不仅是我们和沼泽。

男孩在袭击之后也慢慢恢复了精神，开始制作起什么。他将倒下的树木推在一起，用石头和树枝捆起来制成工具，然后在树梢上钻个洞，用草和芦苇把它们紧紧地捆在一起。男孩偶尔会看向林荫道的另一边，没有路，但那边一定又是一片新天地。

我们一开始以为男孩是为了自保才制作这些东西的，但是在他快要完成的时候，我们才意识到，一切如欧文所说。

他要离开这里了。

*

男孩花了很长时间制作、打磨和试验工具。我们伸出菌丝体跟他说着话，欧文·穆奇告诉他区分腐烂芦苇和坚韧藤蔓的方法。少年似乎不太理解，但他不再反复清除缠绕腿部的菌丝体。有时少年会静静地躺在沼泽附近很长一段时间，就这样让我们把他的四肢覆盖得雪白。

不能就这样把他吞下吗?

我们之中有人发问，但我们不会这么做。

少年就这样像没了呼吸一样躺着，然后在太阳落山之前重新站起来收集树木，将藤蔓编织成绳子。我们思考着少年的个性，那是以独立个体生活的、我们无法理解的斗志。然后在少年睡着的时候，我们伸出像线一样的胳膊连接在他附近的岩石、腐烂的草、草丛和泥土上，感受着从远处传来的震动。如果再次发生袭击，我们就可以叫醒少年。

少年做好了他的木筏和工具，准备起身离开，我们伸出菌丝体对他说：

“不要走，不要离开这里。”

少年看了一会儿我们缠在他腿上的线，慢慢向沼泽走来。他跪了下来望向平静的沼泽，好像在注视着我们。

“你已经成为沼泽的一部分了。”

“无法被消化也无所谓。”我们之中有人说道。

少年低下头，亲吻了沼泽水面。我们意识到这是人类表达爱意的最好方式，水面之上掀起层层涟漪。

“保重。”

说完后男孩站起身，转身离去。

向着江河，朝着大海。

去往无人知晓他存在的地方。

离开西蒙

“您是从西蒙来的吗？”

一旁的女士向正在等待换乘的素恩问道。她戴着几何图案的面具，用低沉的嗓音询问着，看样子应该是认出了素恩拿着的纪念品背包。

“是的，我刚从那里出发。”

“玩得开心吗？”

素恩转过头看向女人，但无法知晓她面具下的表情，她只是一直看着素恩。

“嗯……吓了一跳，毕竟是我平生第一次经历。”

素恩简短地回答了她的问题。女人点了点头。尽管对话没必要再继续下去，但是素恩又突然补充道。

“我现在也搞不清在西蒙所看到的到底是什么，有着什么样的意义。您应该能理解我的意思。我去那里是为了解决问题的，但是反而带着满满的疑问回来了。”

如果对方不是西蒙人，而是其他行星的居民，她是不会说这些话的。是很美丽的地方，有很多引人入胜的风景，还会想再来玩，只会说这些出于礼貌的客套话。但是素恩知道对于西蒙人，没必要说这些善意的谎言。

“很开心您能对我说实话，我也是，虽然是西蒙人，但也不认为西蒙是很美丽的地方。比起说它美丽，应该说是让人摸不着头脑。”

女人说道。她轻快的语调并未掺杂一丝的不快。

“那么您现在要回地球了是吗？”

“对，打算回地球。”

“真不错。我也在等飞往地球的飞船。如果您还有对西蒙的疑问，尽管问我就好。但要是您觉得不方便的话，我现在就离开。”

“不会不方便，谢谢您，我确实有很多疑问……”

虽然嘴上这么说，但一说要提问却犹豫不决。素恩透过巨大的瞭望窗望向刚刚离开的紫色行星。

接受编写《西蒙指南》的委托工作是在两年前，素恩一直把交稿日期拖到了今年年初。在当时她只是想尽早离开这里，并没有想到会在西蒙待半年，甚至也不是因为太阳磁场变化而改变宇宙飞船日程这样的客观因素。

西蒙的大部分土地都是干旱的荒地，人们聚居的岛屿已经是这个行星上最肥沃的区域了，但并没有什么吸引人的风景。最近这里变得有名望的原因只有一个，那就是西蒙人都戴面具，从孩子到老人无一例外。

西蒙这个星球因此笼罩着奇妙的氛围。

起初素恩很忌讳这个地方，也是出于这个原因一直推迟编写指南。到现在还记得第一次看到西蒙大街的照片时不解的心情。照片中，在白天的城市中心，街道上挤满了人，他们都戴着几何图案的面具，仿佛在举行舞会一般，这样的奇观令人毛骨悚然又显得滑稽。

与照片不同，亲自来到西蒙看到街景后感觉更加奇怪。人们戴着薄薄的面具，又像是在哭、又像是在笑，实际上是面具上复杂的图案随着太阳光的照射产生的错觉。他们可以通过一些特殊的标记轻松区分彼此。

素恩没用多长时间就适应了用声音和体格来区分这里的人。与来到西蒙之前所预想的不同，他们即使戴着面具，日常生活也不会受到影响。

“我想问一下关于面具的事情，你们戴着它的原因是什么呢？虽然旅游局对外说是因为宗教，但真是如此吗？我到这里后一直在想这个问题。”

女人听了素恩的问题笑出声来。

“您还不知道真正的原因啊。也是，就算是知道了也没什么人会相信。”

女人笑着说。

“数十年前一艘宇宙探测研究飞船抵达了西蒙，在别处发现的生物样本，因研究人员的失误而外泄，我们所戴的面具就是这个。”

女人把头发撩了起来，露出面具和脸的交接处。令人惊讶的是，与预想的不同，并没有出现明显的界限，面具和女人褐色的皮肤像连接起来了一般。

“这是一场灾难！外星的寄生生物突然粘在了脸上，取不下来了。”

素恩虽然内心惊愕不已，但努力不让内心的想法表现在脸上，然后看向女人。女人十分神气地用手指按了一下面具，本来看起来像是用坚硬金属制作的面具，凹陷下去又立刻复原。

“面具对人的影响逐渐加深，最开始是我们的笑容消失了，之后浅层的悲伤和愤怒的表情也没有了。面具把我们脸上的各种微妙的表情都带走了。我们为了表现出自己的情感，开始大声喊叫和哭喊，又因为过于绝望而笑不出来。我们都无法认出彼此，即使是相爱的两人也无法再次见到对方的脸庞。不到一个月，带有几何图案的外星寄生物将西蒙人的脸取代了。”

“好可怕。”

“但有趣的是，在那之后发生的事让西蒙人喜欢上了这个面具。”

“为什么？”

“虽然在感染扩散几年后，进行了从脸上去除寄生生物的实验，也成功了。但西蒙人却对此没什么反应，我们还是决定继续戴着面具生活。”

“我无法理解。”

“我们挺开心的。”

听了这些话后素恩不知道该摆出什么样的表情。女人也只是用唯一没有被遮住的眼睛看着素恩，说道：

“反正不戴面具我们也无法知晓彼此的真心，想一下吧，我现在是在对你笑还是很冷淡的表情呢？不管是什么样的表情，这一定是我真实的想法吗？”

素恩顿时语塞。

“自从戴上面具之后，我们没有必要再强颜欢笑，面具下的我们不必做出虚假表情，而是帮助彼此，释放真正的善意。这就是西蒙人到现在依旧戴着面具的原因。”

话音落下，陷入了一片沉默。听到广播播报去往地球的宇宙飞船很快就要出发了，女人拿起了放在地上的行李。素恩问道：“那你有想过摘下面具吗？”

“为什么会这么想呢？”

“不会想知道面具下的人们真实的面貌吗？”

“那你觉得面具下的样子就一定是真实的吗？”女人反问道。

素恩沉默了一会儿又开口道：“我以后某一天也会戴着面具生活吗？”

“如果你想的话。但是如果你已经习惯向他人展示你的表情的话，那么就很难下定决心将其隐藏起来生活。”

女人说着站了起来。素恩觉得面具下的女人应该是在笑着的，但是紧接着她就意识到这其实并不重要。

此前素恩在西蒙自己住过的民宿前坐上离开的班车时，附近的居民都来车站为她送行，他们都是无数次在街道上互相问候的人。在班车离开时，他们不停地向素恩挥着手。民宿的老板、常去饭店的厨师、在爵士乐酒吧相识的有着一个好嗓子的歌手、隔壁房屋里每到下午就出来晒太阳的老奶奶、对面花店的二女儿，在西蒙的一切都是如此稀松平常，唯一不同的是他们都戴着面具。

现在，素恩不会再去揣测他们的表情，而是去想象他们真实的内心。素恩看着在阳光下染上奇妙图案的面具，仿佛在对她道别“下次再见吧”。

再仔细一想，又好像在说“你会想念这里的”。

我家可可

我想谈谈几年前开始风靡地球的某种流行。事实上对我来说，了解这种流行是如何兴起的是件难事。在非常短的时间内，世界上所有人都理所当然地接受了这种流行，因为它已经深入到我们的日常生活中。就好比早上喝一杯咖啡，睡前看 YouTube 笑笑一样，它们成了生活的一部分。如果有人正在听我说话，那我大概率可以肯定你已经接受它了，或者说至少你觉得这很正常。

说到“奇怪的流行”，我大概三天三夜也说不完。

爷爷曾说过我出生前的流行。有些人觉得开始流行时很有趣，会先参与进来，也有些人会紧锁眉头不太能接受，我爷爷就是后者。每当朋友们拍摄并分享他们疯舞或摆出搞笑姿势的视频时，不知该作何反应就会感到非常难堪。曾经有一个被称为“史莱姆”的玩具很受欢迎。人们可以给黏土玩具上色，或做成各种装饰品。捏起来会噗噗响，有些黏黏的，可以粘在手上又扯下来，还有好闻的香味。那时候，随处可见玩史莱姆的视频。爷爷说那东西能流行多少有些奇怪。人们争先恐后地拍摄并上传玩亮晶晶、软绵绵的史莱姆的视频，表示玩这个“可以解压”。但爷爷完全无法理解，在他看来，那只是一个软绵绵、会噗噗响的玩具而已。

但即使是这样的爷爷，桌子上也出现了“它”。

“是啊，真的是很奇怪的流行。不过爷爷……”

我犹豫了一下问道。

“那可可是不是看起来也很奇怪？可可也有可能是那样的。”

听到我的提问，爷爷顿时神情严肃起来，冷冰冰地答道：“不，我从没那样想过。”他的回答让我有一丝慌乱。爷爷回头看了看可可，露出了灿烂的笑容。我从没见过爷爷有过那样的笑容，那种满眼幸福的笑容。是的，人们看到可可时的笑容，才是醒来后的我觉得最奇怪的事情。

*

我跨越了三年，不是什么时间旅行者，是真的失去了三年记忆。二十四岁那年，我在上班路上被货车撞了，昏迷了很长时间，但我的家人没有放弃我。刚醒来时，我觉得自己还在做着漫长的梦，醒来后我说了一周的胡话。待我终于清醒时，姐姐在我旁边牵着我的手，我环顾着四周问道：

“姐姐，这些到底是什么？是我看错了吗？是我眼睛出问题了吗？是我还在做梦吗？”

姐姐听到我一本正经地发问，很是惊讶。看到迷糊的我，姐姐一脸难过。

“什么？你说什么奇怪？宥娜，你想知道什么我全都告诉你。这段时间我们多么想你能醒过来啊。”

“不是，姐姐，不是你想的那样……就是那个嘛，那些……”

我颤颤巍巍地指着摆满了病房的“那些东西”。姐姐用非常奇怪的眼神和无法理解的表情看着我。

和大部分人不同，大概是我跨越了三年时光，因此很容易察觉到这些奇怪事物的存在，醒来后有很长一段时间我以为自己在做梦也是因为它。我从之前的世界开始沉睡，醒来后世界却发生了翻天覆地的变化。但好像除了我以外，没有人觉得奇怪。

无论是在办理出院手续回家的路上，还是打开玄关门的那一刻，我视线所及之处全都是它们。我震惊的反应让家人很担心，但他们并未把它带走。我恳求他们至少不要让它出现在我的生活半径内，至少不要出现在我的房间里。我在医院期间，这间短暂的没有主人的房间已经被它填满，没有一丝空隙。可可——来自外星球的植物，它抢走了地球上使用频率最高的宠物名称。

*

当 New-Sky 实验室选定了三颗有外星生命存在的行星并决定前往那里时，全世界都在为之疯狂。当探测队在其中两颗行星上只发现了氨基酸和类似蛋白质的分子，且并无其他生命迹象的消息传到地球时，大家又有点失望，因为太阳系的其他行星上已经发现过那些物质了。只剩最后一颗行星了，但很奇怪的是一直没有任何消息，大家纷纷猜测是不是探测队出了事故或通信出现了问题。那已经是我二十岁时的事了。转眼间，我从学校毕业，找到了第一份工作，每天精神百倍去上班。直到我被货车撞飞，依然没有来自第三颗行星的消息。

他们带着可可回来的时候我还睡着。爸妈每天都沉浸在可能永远失去女儿的痛苦中，每晚以泪洗面。而姐姐想到作为父母唯一的女儿应当承担责任，便也哭不出来了。就在这时，病房的电视里播报了紧急消息，与 New-Sky 实验室第三支队伍的通信戏剧性地恢复了，且他们即将返回地球。救援队首先从掉落在海中央的逃生舱里救出了探测队员，并确认他们的生命体征。他们在摄像机的包围下，从救援船上回到了陆地。当所有人注视着他们的同时，相机也捕捉到了救援船上的逃生舱。全世界都看到画面上十几个科学家眉开眼笑，逃生舱里满是“它”，一位笑得很开心的科学家把它拿到了记者面前。

“各位，我们找到了足以改变地球的伟大发现。”

要如何描述那个生物呢？像湿漉漉的苔藓聚在一起形成的巨大苔藓球，像绿色的毛线或没有眼睛的仓鼠，又像把深绿色的触须伸向四周的海葵，还像巨大的绿色鼠妇。可以肯定的是，无法用某一种地球生物来比喻它。而且它能使人产生幻觉，不同人眼中会呈现不同的样子。在全球直播中第一次看到它的人都尖叫着，过了一会儿，直播就中断了。

New-Sky 实验室的探测队员们出发前曾发誓，无论在外星球发现什么，如果没有人类共同协议，绝不带回地球。即使只是一种微生物，也会威胁到全人类。如果不遵守约定，就要做好死亡的准备。但是所有的探测队员，甚至包括第一次发现他们的救援队，都默认了它进入地球。探测队员们被警察逮捕，连救他们的救援队也被一并带走了。起初，人们议论纷纷，认为应该烧毁队员们穿过的衣服、带回的东西、逃生舱，以及填满宇宙飞船的恶心又怪异的绿块。但过了两天，部分人恢复了理智。科学家们出于学术目的，彻底封藏了探测队员们带回的外星植物，并希望允许他们对此进行研究。就连最博学多识的人也不禁被这种植物吸引，大家都很好奇它到底是什么。

三年后的今天，已经没有不养可可的人了。除了像我这样来自过去的人，或刚出生的婴儿。

*

弓形虫可以永久改变老鼠的大脑，得弓形虫病的老鼠不会再害怕猫，反而会为猫所倾倒，也不再怕猫的气味，老鼠们甘愿变成食物，成为传播寄生虫的媒介。

可可散发出的物质是只会扰乱我们的大脑，还是存在另一种物质比其更特别，目前还在讨论中。科学家们推测这是它们传播和繁殖的生存战略。我还记得向世界宣布这一重大消息的那天，人们上传抱着可可的照片时的配文。

那都不重要了。现在的我们比以前更幸福。这些小可爱留在身边，让人觉得人类不再是宇宙中孤独的尘埃了。

人们抚摸、拥抱可可，感受幸福。所有人都爱可可，可可成了最受欢迎的宠物。如果非要把可可比喻成地球上的生物，比起会动的动物，可可更像是固定不动的植物。但它得到了人类的喜爱，并且传播得很广。热带雨林间、火山喷发口、盐湖等地都发现了可可的种子。它们不随意发芽，而是憋着一口气占领地球。它们藏在人们口袋里，也不逃跑，然后悄悄地把种子藏在地底下。

从某种程度上说，多亏了可可，我的家人才没有放弃无异于死亡的我。因为可可带来了希望，因为可可不会让你放弃生命，因为可可要让你活得久一点，让它们传播得更广。当我得知这个事实时，我决心接受这些奇怪的宠物。我把可可放在我身边，抚摸它，亲吻它，感受它们携带的外星物质进入我体内，然后让快乐填满我。

可可们带给地球的不仅是它们本身，还有隐藏在湿润绿毛球中的生态系统。许多尚未分析完成的微生物蠕动着，它们覆盖在地球的土壤上。吃掉钍元素，构建原本不属于我们的另一种生态系统。

科学家们推测，也许今后地球上会有两种生态系统共存，也许我们已经生活在外星世界。如今，不管是什么土壤中都能发现外星生物留下的独特产物，或者说由于发现了外星微生物，地球迎来了与以往不同的新地质时代。因此有人主张应尽早保护尚未被污染的区域，并指定地球保护区。看吧，连喜欢可可的他们有时也会怀疑可可的目的。可可的最终目的是什么呢？已经晚了吗？地球的受污染程度已经无法弥补了吗？或者说，它真的是“污染”吗？

罢了，我无所谓。因为这不会让我们变得不幸，因为正是那种污染才让我们活了下去。

“如果是现在这样的人生，我想，不管是数十年还是数百年都挺好。”我抚摸着可可说。

活得久一点，不要离开我。

这时，本无法微笑的可可冲着我笑，我也看着可可笑着。

污染区

拉特纳正前往禁区，准确地说是危险等级为 A，连特派员都禁止接近的地区。从今天起，这里只允许拉特纳接近。一张卡片随意挂在口袋上：特派员代码 B-492100，拉特纳·森。

沿着帕纳莫尔山脉崎岖不平的山路行驶，就会看到被雾气笼罩着的云雾林了。此行目的地便是云雾林。这里是罕见的居住地被大量外星植物肆虐后，仍有人类聚居的地方。但是这里太偏僻，且污染程度严重，总部认为这里不值得调查。就像抛弃地球上其他地方一样，总部判断如果放任此地不管，这里迟早是会消失的。

由于总部接到了特别情报，拉特纳正式成为第一个前往该镇的特派员。情报内容是绝密的，连拉特纳都不完全清楚，但至少确定，那个地方的人们“没有受到狂症的影响”。生活在被污染地区的人们仍然保持清醒，这怎么可能呢。

领着拉特纳的女导游说有过几次在云雾林村卖东西的经历。虽然希望能说点什么，但导游一路表情都不太明朗，一直保持着沉默。在走到被雾笼罩的地方时，导游突然把她的货车停了下来。

“沿着路再走三十分钟左右就到了，我告诉他们会有一个外界来帮忙的医生。这里的路不陡，你完全可以走过去。”

“为什么不一起呢？总部指示要一起到村子去。”

“不行，我实在是……我不想再去那个地方了，那些人瞒着我，把它给我……”导游欲言又止，不断摇头，似乎想到那个就犯恶心一样。然后她整个人都缩在座椅上，没有开车。拉特纳觉得奇怪，但导游的脸色很难看，仿佛下一秒就要吐了，而且看上去不太能正常驾驶。拉特纳盯着导游看了一会，背上包就下了车。

这条路是单行道，不用担心找不到路。当看到村庄方向的指示牌时，笼罩着森林的浓雾好似更大了。他弯着膝盖坐下，观察着地面上腐烂的植物和覆盖着岩石的苔藓。原本，想正确分辨这些植物需要分析设备，不过拉特纳曾辗转于多个地区，现在仅用眼睛也能分辨出来。这些都是大渗透之后被污染的植物。在拉特纳去过的地方中，这里的渗透性变异尤为严重。拉特纳确信,总部要找的“纯粹”地球植物绝不在这里。

导游说需要步行三十分钟左右，然而拉特纳一路都在采集土壤样本，多用了两个小时才到达目的地。茶褐色的砖墙挡住了去路，从侧面可以看到围墙的尽

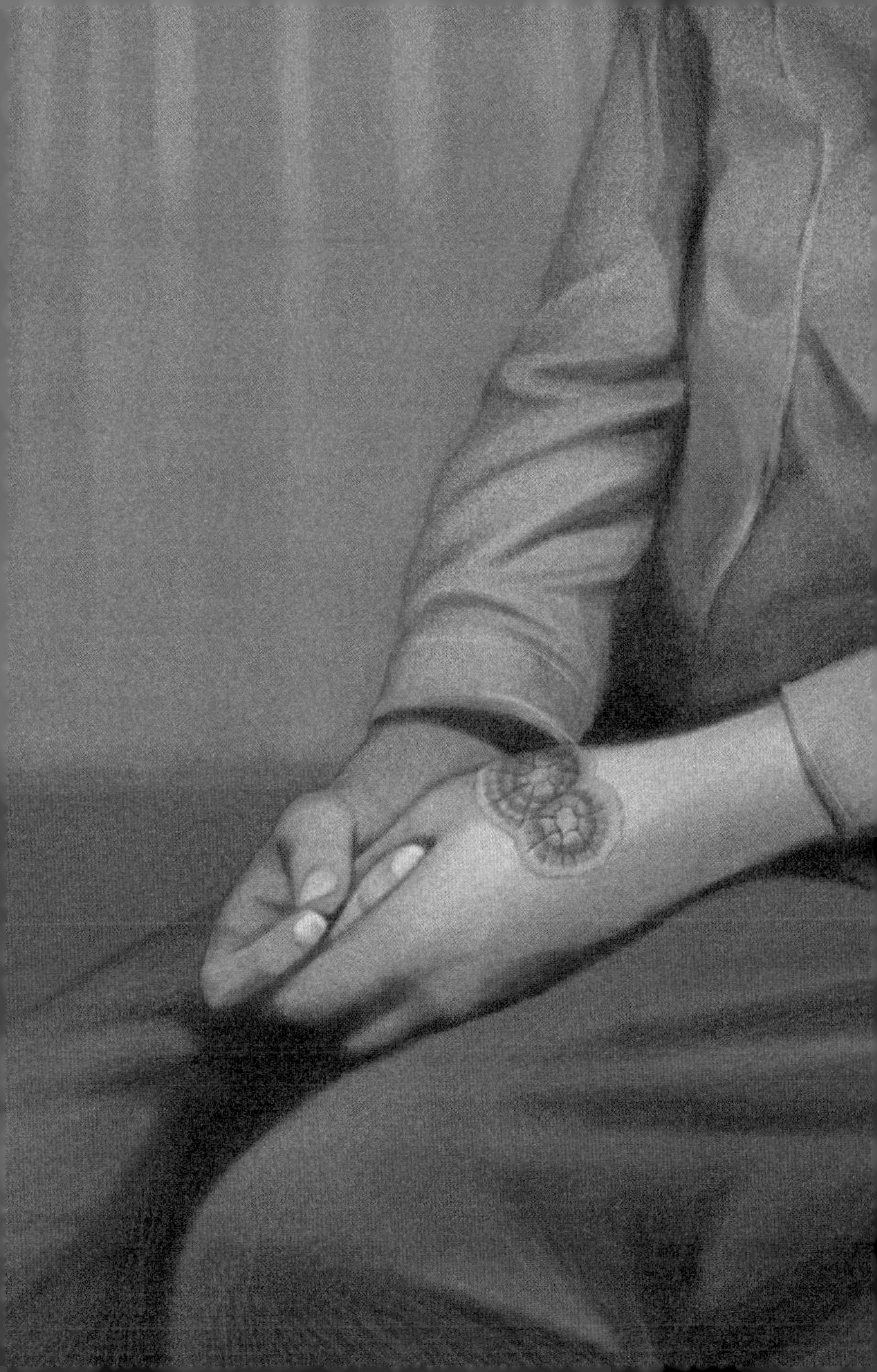

头。这应该就是那个村子了。拉特纳面向墙头，发现了墙上有人用喷漆写下的话。

人类正在走向灭亡，但蘑菇没有。

拉特纳觉得这话很有意思。他走到围墙尽头，发现远处聚集着很多人。他们当中有人好像察觉到了动静，转向拉特纳。一部分人开始大喊大叫，一部分人向拉特纳跑来。拉特纳看到这些人越来越近，皱起了眉头。

天啊，那句话一点意思都没有。

这些村民有一个一眼就能看出来的奇异的共同点，他们的手和脚，甚至全身到处都长着蘑菇。蘑菇冲破皮肤长在上面,而且每个人身上的蘑菇种类都不一样。

围过来的这群人中，一个全身长满斑点蘑菇的青年站了出来。他用略显生疏的官方语言问道。

“听说外面会来医生，你是那个医生吗？”

拉特纳告诉自己尽量不要过分关注青年的皮肤，答道：

“是的，我是被派来的医生。我可以为你们提供简单的治疗，也可以开药。但现在看来，你们的问题很棘手。这……”

拉特纳环顾四周，一脸惊慌。

“这不是我能治的病。虽然我不知道到底感染了什么，但看起来非常严重。我去过很多地方，但从没见过这种长在皮肤上的蘑菇。如果能把样品寄到总部，或许会对分析有所帮助。”

“等等。”

青年连忙伸手打断。

“你要治这个？长在我们身上的这些？”

青年诧异地问道。

“为什么？”

*

云雾林终年大雾弥漫，潮湿阴沉。因为地处赤道附近，气温不会太低，这正是蘑菇生长的最佳环境。这里的蘑菇代替死去的树木，让菌种根植于皮肤生长。奇怪的是，被蘑菇抢走养分而日益干瘪的人们却拒绝消灭这些蘑菇。

青年邀请拉特纳到自己家去。在跟着青年去他家的路上，拉特纳观察了村庄里被污染植物覆盖的植被，虽然村子外围设置了篱笆，但似乎无法阻止污染。被污染的土地上长着被污染的作物，还有暗示被外星植物渗透的危险的紫色斑点。显然，这里的人以被污染的东西为食。但他们还没有疯，如果是人类就不应该这样。

往来于厨房和客厅的小男孩身上也长着斑驳的蘑

菇。他似乎是青年的弟弟，没什么孩子气，皮肤干得像树皮。他皴裂的皮肤缝隙里长着蘑菇秆和荠菜，刚裂开的地方则覆满了蘑菇的子实体。男孩把茶杯和碟子放在托盘上端出来。拉特纳看到男孩放在餐桌上的东西直犯恶心。只能这样了。盘子里的东西已经看不出原本的模样，但可以知道是用蘑菇做的。再看看旁边茶杯里装着的红色液体，他不愿去想象那是什么，总之不像普通的茶。拉特纳什么也没碰，开口问道。

“你们会互相吃身上长的蘑菇吗？”

男孩没有回答，只是在看其他人的眼色。带拉特纳来的青年平静地说。

“你可能会觉得这很可怕，但这就是我们生活的方式。”

“那就有点奇怪了，蘑菇是从属营养生物，它与植物不同，不会自己制造养分，而是把你们当作养分才能生长。那你们怎么摄取营养呢？这跟把自己排出的尿液叫作水，然后重新喝下去没有什么区别。”

对于拉特纳的发难，青年沉默了。拉特纳在等他再次开口，青年犹豫了一下，说道：

“我们不是只吃蘑菇，我们吃农作物，也吃家畜。我们知道它们也被污染了。但是跟这些蘑菇一起吃的话，就不会有事。这也是死了很多村民后才知道的。有些人直到生命尽头都不吃身上长出来的东西。但如果有蘑菇，就不会死也不会疯。我们认为这些蘑菇是神赐予的。据说，面临死亡的生命在恳切祈祷，而这是神做出的回应。”

拉特纳边听边想，难道村民身上的蘑菇有能够解决植物渗透所导致的狂症的物质？但拉特纳摇了摇头，要谨慎对待这一草率的判断。这样一想，这些人身上长的蘑菇种类非常多样。这些蘑菇不可能产生具有相同效果的物质。而且很有可能青年在说谎或者他相信了虚假的事实。

“要真是如此……我知道了。时间不多了，开始看病吧。把那些可怕的蘑菇放一放。”

那一整天，拉特纳都在青年家门口给人看病，直至深夜。来看病的村民告诉拉特纳他们感到头部阵痛、流鼻涕、肌肉痛……从普通症状到看似非常严重的重症，各式各样，层出不穷。但自始至终，他们大部分人都不愿意提长在皮肤上的蘑菇。

在拉特纳看来，这些蘑菇并非无害。它们像是一种非常致命的皮肤病，在生长过程中不断撕裂皮肤，引发疼痛，并伴有湿疹、炎症、荨麻疹等症状。虽然人们不愿让他细看，很难观察到皮肤内部，但可以推测出这已经渗入脏器之中。这样一来，这里的村民因蘑菇而遭受的痛苦绝对不轻。抽取身体养分生长的蘑菇让村民们瘦骨嶙峋，急速老化。就连稚气未脱的青年也面黄肌瘦，头发发白。尽管如此，人们还是惊愕地摇摇头，好像拉特纳把他们的症状和蘑菇的生长联系在一起是禁忌一般。

“不是，我不是让你帮我弄掉这个。就是头痛得厉害想开点药，和这个没关系。”

那天的最后，拉特纳在给一位因严重偏头痛而难以正常生活的老人诊疗时，发现老人头发上缠有奇怪的细线状物质。刚开始拉特纳以为是老人掉的白发，仔细一看却不然，那是一种菌丝体，拉特纳把它放进样品瓶里。

“您白头发真多啊，刚看了一下，这里的青年也是这样吧。”

老人也点点头。

“是吗？是因为大家都很辛苦吧……”

老人好像说错了什么似的，赶紧补充道。

“即便如此，在渗透后还能维持这样的生活也挺不错的，我们很感谢这些蘑菇。”

*

拉特纳正在收拾行李，打算天亮就离开。他以为青年还在熟睡，结果青年已经开门来到了客厅。拉特纳用眼睛向青年打了个招呼，继续整理行李。拉特纳以为他是想出来喝水或上厕所，但青年一副有话要说的样子，在餐桌前坐下。

“谢谢您今天的帮助。”

拉特纳表达了谢意。但青年接下来说出了令人意外的话。

“其实你，不是医生吧？”

拉特纳有点惊慌失措，但没有体现在脸上。他冷静地问道：

“为什么会这么想？”

“听说的，据说建立隔离城市的人会让特派员去世界各地，伪装成各种职业，但实际是执行非常隐秘的任务，谁也不知道是什么……但据说，他们停留过的地方经常发生可怕的事，这个村子也会这样吗？”

拉特纳笑了，但他的笑容并没有让青年放松。拉特纳看着青年的脸开口道：

“这传言很有趣，我能理解为什么会出现这样的怀疑讹传。但事实上，我真的是医生，不过我来这里也带着个人研究的目的，我正在研究渗透后出现的新疾病，不是你所说的会造成可怕事情的人。”

“你要真是医生……你觉得以后我们村的人该怎么办？你觉得蘑菇是种病吗？”

青年依然带有戒备心，拉特纳看着他。

“这个嘛，如果真的是病反而没什么。”

“这是什么意思？”

“如果是自然发生的疾病，那只会是你们自己痛苦。但如果这些蘑菇是因为渗透而产生的外星物种，那么你们就相当于是外星物种的宿主，总有一天会被别人左右，因为你们与被污染的植物没有差别。当然，这里很偏僻，暂时外界还不知道，但最好还是放弃与外界的交流。一旦暴露，为了把危险扼杀在萌芽之中，他们会来杀了你们。”

“原来如此，那现在暂时没什么能做的事了……因为我们无法区分这些蘑菇是地球上的，还是从外星来的。”

“如果真的怀疑我是特派员的话，你有没有想过要杀了我？”

拉特纳这样问道。青年平静地看着拉特纳，“有这样想过，但可能没什么用。如果传闻连我这种在山沟里的人都知道的话，那所谓的特派员应该可以抵挡一般的攻击。而且，如果你回不去，他们肯定还会派下一个人来。”

“世界上的事情不都是那么顺利的，不过你能这么想对我来说真是万幸。”

听着拉特纳的玩笑，青年一脸阴郁地看着自己皮肤上长出的蘑菇。也许他们也曾怀疑过这些突然长在皮肤上的奇怪蘑菇，它们或许真的跟大渗透后污染地球植物的外星植物类似吧。

“你觉得这些蘑菇真的来自外星吗？我们要怎么做才能活下来？”

“这不一定会有答案。”

“这是什么意思？”

“我给你讲个有趣的故事吧。”

拉特纳笑着说。

“有一个我认识很久的生物学家，虽然我不知道他现在在哪儿，但直到去年为止，他都对沼泽感兴趣，所以经常去那里。他觉得了解生活在沼泽里的奇异生物非常有趣。令人惊讶的是，沼泽的生物体结构与地球上的菌类相似，同时通过它们的连接网构建了一种集体智能，并且当下的生物学无法解释这种生物。我们确信它们来自外星，随着大渗透来到地球，或者至少是被来自外界的某种东西污染才变得如此智能。因为从来没在地球上发现过这样的生物。”

拉特纳看着面无表情的青年继续讲道。

“但是经过长时间的研究，我们终于得出了一个奇妙的结论。也许我们的假设是错误的，它们不是从外星来的，而是原来就住在沼泽里。很久以前，地球还没被外星物种污染，那时我们没有好好观察过地球，所以直到现在也没有察觉。讽刺的是，在外星植物覆盖地球之前，大概就已经这样了。”

“你是说，这些蘑菇也可能不是来自外星？不，那不重要。我们是无论如何也不会放弃这些蘑菇的。你打算告诉你的上级，然后把我们处理掉吗？”

对于青年急切的提问，拉特纳想到了给特派员的条令——如果存在进一步增殖或传播渗透的风险，请处理掉。这并不是指让拉特纳亲手沾血。例如，拉特纳可以把前不久发给村民的药丸换成慢性毒药。几个月后，这里可能会出现可疑的传染病，然后在某处埋好地雷再走掉也不是不可以。

但拉特纳认为最好不那样做。

“你好像说过，蘑菇能防止狂症。”

拉特纳看着青年说：“不，蘑菇只是在皮肤层露出它们的本体而已。我给你一个建议，对你们而言长得很长的那些白头发，不用去在意。虽然这里好像没有人闲到去关心白头发。”

青年仍旧一副无法理解的表情，但拉特纳结束了对话，背起了包。生物学家欧文在某片沼泽中发现了具有集体智能的菌丝体连接网，以及可以防止由污染引起的狂症的蘑菇。从根本上，它们也许具有相似的原理。那么，在蘑菇下散发的菌丝体应该早已漫入他们的大脑。但是拉特纳认为他没必要把这些全都说出来。

拉特纳背着包走向村口，青年也默默地跟着。拉特纳正想着他到底会跟到什么时候，小伙子停了下来，对拉特纳说：

“特派员，听说你们正在对留在污染区域的人类进行实验和拷问。那个……是不对的，而你赞同他们的做法。”

青年似乎确信拉特纳是特派员，拉特纳也不否认。

“也许吧，我不认为我现在做的是正确的事。”

青年瞪着拉特纳，但下一秒态度又有所缓和，他说道：

“如果你厌倦了，想离开，又需要藏身之所的话，欢迎再来。”

听到这话，拉特纳有些意外。他歪着头问道：“即便我不是真正的医生？”

“没关系，我们需要更多的人，需要更多聪明的人来了解这些蘑菇。最重要的是我们需要教孩子的教师。我也在这里教孩子们，这里会说官方语言的人不多。”

拉特纳看着那个说要教长蘑菇的孩子说官方语言的青年，心情有些复杂。他没有回答，只是挪了挪脚，青年仍然看着拉特纳。

伴着清晨的冷空气和雾气，拉特纳走在灰暗交织的下山路上，陷入沉思。也许这个村子里还有别的特派员，不……是“不赞同”的特派员来过吗？

拉特纳带着好奇心走在云雾中，终于发现了自己搭乘的货车。导游流着口水在驾驶座上睡着了。

“喂！”

导游从梦中惊醒。

“出发吧，我来开车。”

出发后，拉特纳还在沉思，不过他不能想得太久，因为他还有下一个目的地。

地球上的其他居民

服务区很安静，偶尔有发动机的声音打破宁静。空地上停了几辆货车，四周没有正在营业的小店。早知道这地方这么偏僻，就该跟着前辈走的。多贤带着一丝狼狈，走向服务区。

多贤在破旧的卫生间前看到了一个抽烟的男人。旁边曾经是卖烤土豆和核桃饼干的店，现在大概是停业了，所有的灯都关着。多贤心想，哪怕是这种地方，应该也能买杯咖啡喝吧。推开破旧的玻璃门，多贤环顾了一下四周，没有什么显眼的，只有这里曾是美食餐厅的痕迹，在营业的只有一家小卖部。这看起来像是个即将停业的服务区，别说咖啡了，能坐在塑料椅子上喝矿泉水就不错了。

多贤日出前就出发了，从浦项到江陵海洋生物研究所整整花了四个半小时。上午她参观了研究所引进的最新设备，设备没有噪声，测定的数据也很准确。之后她在合作研究的研究室学习了设备使用方法，还收到了样品，下一个日程是参观邻市的大学研究所。同行的柳真说太累了，需要买杯咖啡，于是他们来到了这个服务区。如果不是车刚停好研究所就又打来电话，他们原本是打算赶紧买些喝的就走人的。

柳真哭丧着脸说：“不好意思，我得再回一趟研究所，说是漏拿了一个样品，让我如果还在附近就回去取。”

虽然快递也能收到样品，但这一副今天一定要带走并且在本周末好确认实验结果的架势，柳真也只能无奈地叹了口气，似乎没有别的选择了。多贤重新系上安全带，柳真用下巴指了指外面。

“你在这儿等我，大概一个小时，应该不会花太长时间。”

“怎么？一起去吧。”

“你不是晕车严重吗，在这儿呼吸下新鲜空气，那个研究所确实有股奇怪的味道。”

多贤有些不好意思，她看了看映在玻璃窗上的自己，脸色真的有那么苍白吗？多贤之前在研究室闻到了一股奇怪的味道，据说前一天排气罩出了点问题，不过研究员们都是一副习以为常的模样，似乎经常发生这种事。而本来不太晕车的多贤，坐了四个多小时的车后居然晕车了。柳真再三强调自己会尽快回来，多贤这才决定乖乖留在服务区。要是早知道这里什么都没有，就一起走了。

多贤在小卖部买了一瓶矿泉水，坐在服务区外面的椅子上，被吱吱声吓得站起来。不过这里有山，景色还是不错的。嗯，就像柳真所说，要多呼吸新鲜空气。首先就是要尽可能远离在旁边抽烟的那些男人。多贤观察着四周，经过服务区向停车场后面走去。这时，她发现了奇怪的东西，停下了脚步。

那个地方很不一样。离服务区稍微远一点的地方，隔着一块连停车引导线都没有的空地，那里居然坐落着一家餐厅。

到处都是闭店歇业的餐厅，而这是唯一一家营业的店铺。餐厅看似很有异国风情。进去的门很窄，只能勉强通过一个人。本色油漆的外墙是凹凸不平的石头质感。招牌上的字认不太出来，门前的小招牌上用粉笔写着菜单。

今日固定菜单一万韩元。

这里被货车挡住了，虽然不细看发现不了，但一旦知道那里有一家店，就没法忍住不去看。为什么在快要停业的服务区旁边有一家这样的店呢？

多贤像着了魔似的走了过去，不是为了吃东西，而是想看看里面。她想知道这里到底是不是餐厅，为什么会在这种地方开店。透过窗户可以看到店里的灯亮着，多贤小心翼翼地拉开遮门帘走了进去。

里面和外面看到的完全不同。多贤被这另类的空间迷住了。

酒吧、凳子、火车座位般的四角椅和桌子、格纹瓷砖地板、装饰墙壁的霓虹灯。看这装潢，似乎还应该有一个点歌机，所以这里是经常出现在外国电视剧中的美式餐厅。真是奇怪的餐厅，外表是 Instagram[1] 上常看到的店铺的样子，里面却是美剧般的装潢。而且

1 一款社交软件。——译者注

从菜单上看根本猜不出“今日固定菜单”是什么食物。

“请问有人在吗？”

可能是因为没有其他客人，又不是中午，现在的时间有些尴尬。别说音乐了，连句“欢迎光临”都没有，只偶有汽车经过时“嗖”的一声。除此之外，这里一片寂静，也没有食物的味道，别说食物了，连准备食材的痕迹都没有。与其说这是家餐厅，还不如说这是拍餐厅场景的摄影棚。

多贤觉得自己误入了未营业的店，想转身离开，但还是又问了一次。

“老板在吗？”

突然从吧台里出来一名女子，没有一丝动静，把多贤吓了一跳。餐厅里好像没有其他员工，这位应该是老板。多贤向老板打了个招呼。

老板开口问道：“你是来吃饭的吧？”

“嗯，可以吗？”

“当然，请随便坐。”

多贤稀里糊涂地坐下了。她不是真的想吃东西，但好像被鬼迷了心窍。这下把店主都叫来了，不能走了。老板递给多贤矿泉水和杯子，她第一次见这个牌子的水。多贤往杯子里倒了点，水有点咸。多贤环顾四周想点餐，但没看到菜单，她想起进来之前立牌上写着“今日固定菜单”。

老板边把餐巾纸放上吧台边说：“今天只有手工汉堡和汤，没有别的，这个素食者也可以吃，是用代餐肉和椰子汁做的，行吗？”

“啊……可以。”

手机显示已经下午两点半了，即使没有其他吃午餐的顾客，这个店也安静得有点出奇。这时，多贤收到了柳真发来的短信，“多贤，这边出了点问题，可能会晚一点，请再等等。”

多贤抬起头，店里开始播放音乐，曲子的节奏和旋律都很陌生，肯定不是音乐榜单上的。此时，半开放的厨房里传来了烤东西的声音、餐具相互碰撞的声音，还有香喷喷的汤的味道。

老板稍微侧过身来，看着多贤问道：“您怎么来这儿了？这里的服务区一般只有司机才会过来。”

多贤在犹豫该如何回答时，老板把饮料放在了吧台上。总不能说是好奇谁会来这种孤零零的店吧，但司机们真的是这儿的主要顾客吗？

“啊，出差的路上出了点儿问题，正在等同事。”

老板说了句“原来如此”，在多贤面前放下了一杯饮料，然后回到厨房继续忙碌。多贤本是不太喜欢和店主聊天的性格，但奇怪的是，她只跟老板说了寥寥数语，却感到心情十分舒畅。

多贤喝了一口饮料，是放了几片西柚的气泡水，饮料几乎没有甜味，不过对于本不喜甜的多贤来说，她很满意。过了一会儿，老板把装有汤的碗端了出来。

“这是奶油汤。”

汤的表面有一层厚厚的泡沫。多贤拿起勺子舀了一勺，感觉不像是液体而更像泡沫，入口味道很浓。

“怎么样？”

“很好喝。”

老板看着多贤单纯的反应，露出了微笑。下一道菜是沙拉，摆盘很漂亮，入口会发现调味汁的味道很特别。显然，这并不是一家普通的店，而这样的地方柳真前辈一定更喜欢。这些都是精心制作的食物，但多贤的味觉不太能区分食物的好坏。

多贤喝了一口汤，视线触及到厨房尽头墙上挂着的相框上。不像是为了专门给人看而挂上去的，但上面镶着闪闪发光的葫芦，所以非常显眼。

“超味觉者”（Super-Supertaster）字样下面是老板微笑的照片。背景画着巨大的嘴和舌头，整体看起来像一种流行艺术。

大概是察觉到了多贤的视线，老板说道：“这是超味觉者协会颁发的证书。”

“超味觉者协会？”

像是什么超能力者协会一样，这词听起来很陌生，而且很不真实。

“就是拥有发达味觉的人的协会。”

老板满怀自豪地说。多贤有点惊讶，但她想知道老板所说的超味觉者协会到底是什么，便继续听老板讲下去。老板说世界各地都有超味觉者协会的分部，就像人群中有视力或听力非常好的人一样，世界上也有味觉非常发达的超味觉者。

超味觉者协会相当于是把味觉发达的人聚在一起的同好会。由于其特殊性，协会里的人对烹饪和饮食文化很感兴趣，也因此有很多其他组织或餐厅老板前来咨询。不过比起这类专业的业务，这个协会更像是拥有特殊味觉的人之间的联谊会。

“超味觉并不是因为喜爱美食而获得的能力。与普通人相比，他们对味道更加敏感，反而难以享受大部分食物。一般没有人会吐出微苦的红茶吧，但超味觉者就无法忍受那种苦涩。加入协会的人以自己的味觉为傲，主要从事饮食相关工作，也有很多人利用自身优势在食品或餐饮行业工作，大家聚在一起时，常常赌上晚饭玩猜饮料品牌的游戏。就像石头剪刀布一样，虽然他们是那种绝对不想被邀请来餐厅的朋友”。

老板笑着补充道。对于多贤而言，这是一个完全不同的世界。

“真神奇……简直难以想象。”与老板所说的超味觉者相反，多贤的味觉非常迟钝。朋友们常说多贤“你没有舌头吗”。不过这似乎是遗传，只要是多贤的父母下厨做出来的菜，大都难以下咽，也常被嫌弃。正因如此，多贤的老家堆满了无糖麦片。

又舀了一口汤，果然是超味觉者做的汤，味道和口感似乎有些不同。可惜的是，多贤并没有这方面的感知力。

“通过简单的测试就能知道有没有超味觉，你待会儿要试试吗？最近用的是薄荷口香糖。”

老板亲切地提议道，但多贤笑着拒绝了。

“不用试了，我是味盲。”

多贤还是第一次对陌生人说这样的话，不过她倒是对老板讲的超味觉者的故事很感兴趣，还想继续这个话题。

“很抱歉在您辛苦准备的食物面前说这些，但我的味觉其实很迟钝。或者应该说，不管吃什么感觉都那样。我活到现在从未感受过什么叫好吃。之前我的朋友们说我没吃过真正好吃的东西，便带我去了一家有名的餐厅。我很感激他们，所以装作吃得很香。虽然吃不出什么味道，但我的反应可以让人觉得食物很好吃。”

多贤和美食真的没有缘分，她也曾去过价格高昂的餐厅，很难理解为什么人们要在吃上花大价钱。巧的是，多贤的朋友们都是吃货，对当地的美食店了如指掌。曾经多贤随意推荐了家附近的餐厅，被朋友们指责说“这推荐的是什么地方”之后，她再也不在饮食方面发言了。

老板沉默了一会儿，露出一副不知道该说什么的表情。

“啊……原来如此。”

的确，作为餐厅老板，对难以从食物中感受到味道的顾客确实无话可说。多贤觉得幸好老板没有露出惊慌、不快、同情的表情。因为要是多贤对别人说类似的话，大家的反应往往是表现出一副“真可怜，你的人生没有乐趣”的样子。人生在世，有趣的东西多着呢。虽然和老板是初见，但多贤对老板产生了莫名的信任。

然而，老板接下来说出的话完全出乎多贤的意料。

“怎么办，你和我好像啊。”

“啊？”

“我也是。这辈子从没吃到过别人给我做的好吃的东西，真是件悲伤的事。”

多贤对此感到惊讶，而老板一边咋呼着菜要凉了，一边消失在厨房后。再出来时，她手里拿着装有手工汉堡和炸薯条的盘子。老板把盘子放在多贤面前，多贤盯着看似很不错的手工汉堡，虽然这次也应该品尝不出什么味道，但还是咽了咽口水，问道：“刚才那话是什么意思？”

老板笑着说先吃饭吧。多贤用刀切开汉堡，红褐色的酱汁流到盘子上，老板开始讲述她的故事。

“我是超味觉者，但确切地说，我和别人的味觉不同。比如，大家都觉得巧克力和糖果是甜甜的，对我而言却非常可怕，我会感受到苦和咸。虽然这种方式不太能说明什么，但总的来说就是我的味觉与普通人不同。我的味觉发生了改变，而且非常敏感，因此受尽了苦头。”

多贤点了点头。虽然多贤不像老板那般对味道敏感，但多贤也有类似的苦衷。

“我也是，我不太喜欢巧克力和甜点。哎，那别人说好吃的话，你会有不同的感受吧？”

“对，虽然很少有机会能吃到一些还不错的食物，但并不都觉得‘好吃’。明明记得小时候有吃过好吃的东西，长大后却再也没有过。”

味觉发达，却变得反而不能享受食物，真是令人惊讶。那又如何用这种异于常人的味觉经营面向普通人的餐厅呢？为什么偏偏选择了饭店老板这个职业呢？老板似乎看出了多贤的疑惑，继续说道：

“如果认为吃饭只是为了生存的话，其实可以选择直接放弃。大可以找一些不怎么难吃的食物，或者干脆吃没有任何味道的胶囊食物。但对我来说，这是一种挑战。人生很长，所以我下定决心无论如何也要吃上一次美食。”

老板毅然决然地说道。

“刚开始我进了一家食品公司，是一家专门做单人简餐的公司。试制品阶段要尝试各种食材、加工食品，还有作为参考的现成品。我都觉得不好吃，但一想到这是工作，也就可以忍受了。这份工作常常要去世界各地出差，这一点挺很好。我发现任何国家的饮食文化都不适合我，我甚至还特意去找闻名世界的难闻的食物。暗黑系布丁、鱼果冻、臭鸡蛋……常被称为怪食的东西我都吃过。但我想错了，并不是不合普通人的口味就合我的口味。”

多贤虽然很好奇老板的怪食旅行记，但听起来不是个开心的故事。老板接着说：

“经历了几年的失败后，我的想法发生了变化。既然如此，那就研究点其他的味道吧。”

此后，老板辞去了食品公司的工作。紧接着又讲起了在宠物粮公司工作的故事。她有过一个出格的想法，觉得说不定给动物做的食物更符合她的口味。这家公司为了迎合各种宠物的喜好，雇用了分析食物口感和味道的试吃者。研究室会考虑营养成分，做出适当的试吃品，而试吃者需要品尝食物，对其气味、质感、黏度、味道等做出评价，这份工作无法用机器完成，老板说这份工作也挺好。

“但味道还是不好。”

老板耸了耸肩。

“后来才知道，动物没有人的味觉敏感。明明很多动物的视觉和嗅觉比人更发达，偏偏味觉不是这样。这大概是因为只有人在咽食时，能识别食物从嘴巴经过咽喉再进入鼻子的味道。动物们虽然可以闻到气味，但无法从嘴里感受到食物的香味。我觉得动物应该不像人一样有饮食文化，如果可能的话，我也想问问是不是真的如此。说不定宠物只是看不起人类的厨艺。总之，在那里吃到的东西，只有蜥蜴粮对我来说还算……虽然这份工作还算有趣，但并没有达到我原本的目的。为了做测试我经常会看到小狗，也算是给了我一些安慰吧。”

“那你也很勤奋啊。”

多贤感叹道。虽然多贤也没有吃过好吃的食物，但同样是味觉问题，多贤选择对食物漠不关心，而老板却把它延申到了令人惊讶的勤奋的探索过程中去，这既神奇又有趣。

“多亏了你，我得到了一条线索。问题不是个别口味上的差异，而是群体上的差异。”

老板的话令人费解，多贤还没问出口老板就继续说话了。不知不觉间手工汉堡就吃掉了一半，多贤感觉有点儿饱了。

“回家后我意外获得了线索。”

07
NI
Cok

“家吗？”

“是我母亲。”

看着双眼放光的老板，多贤想起了自己对做饭不感兴趣的母亲。不过父亲偶尔会做做饭，虽然味道不怎么样。多贤的味盲基因肯定遗传自父母。

“我妈妈不会管我在外面做什么，只要我饿不死就行。有一次我回家给大家讲了几年间的冒险经历，大家都哈哈大笑。但我妈妈说没想到我会那么执着于吃的东西，以为我会早早放弃。正当我想问她为什么这么说时，妈妈说道……”

老板模仿着她母亲的声音。

“我们和地球人的口味不同，这很遗憾，但也没办法。”

多贤听了这话，入口的薯条惊得掉到了盘子里。

“刚才那话，是开玩笑的吧？”

虽然老板的眼神带着一丝玩笑，但说的话却非常诚恳，还挂着真挚的笑。多贤尴尬地笑了笑。

“你妈妈真有才。”

“嗯，你不相信也没关系。我刚开始也担心是不是妈妈得了痴呆（阿尔茨海默病），后来又觉得这不过是个有趣的玩笑。但……越往细想就越会发现一些奇怪的地方。我从来没见过爷爷奶奶，也没见过什么亲戚，小时候的记忆还历历在目，直到那天听到那句话，才让我觉得那些记忆并不全是幻想。无论是旅行中迫降地球的那一刻，还是模仿人类修整外形的那一幕。”

到底哪些是真话，哪些又是玩笑呢？是不是从超味觉者开始就只是一个玩笑呢？

“大学里有一门名叫《外星生物学基础》的教材上有这样的内容，‘即使我们是拥有共同祖先的相似的生命体，在不同的环境中进化，味觉也会变得非常不同。味觉是所有感官中最容易根据文化和环境的不同而改变的。’当然，那本教材的前提是我们还没见过……但我也知道了我们品尝味道所需的特定种类的氨基酸在地球上不存在。我母亲也不是无缘无故地每天吃那些看似是营养剂的胶囊。我们可以和地球人一起分享食物，但很难一起享受食物，这真的很令人难过。”

多贤现在以听有趣的阴谋论的心情在听老板的故事。

“之所以加入超味觉者协会，是因为我想着说不定协会里有过去一起迫降地球的同类。”

“所以协会里有从外星来的同类吗？”

“就算真的怀疑也不太能问出口。我猜有几个人吧，不过最终还是没有问。后来母亲告诉我，其实地球上住着很多来自其他行星的居民。大部分人最初来到这里是因为迫降，但生活了一段时间后就干脆待在这儿了。如果有机会，我很想再去一次我出生的行星。”

“什么啊，有很多来自其他行星的人……那怎么谁都没有意识到呢？”

因为玩笑有点过头了，多贤笑着插嘴道。但是老板用非常真挚的眼神看着多贤，问道：“很久之前你们就已经制造了企鹅机器人吧？”

“企鹅机器人？”

“为了调查南极企鹅而制作的企鹅模样的照相机。仔细观察的话会发现和企鹅长得不一样，但是企鹅们会误以为照相机是同类，正因如此，这个照相机成功地混入了企鹅群体。”

“对，不过是模仿它们的形状，但本质是相机，那么模仿人类的是……”

“在尚未进入宇宙的文明里尚且能够制造出这样的东西，那对于能够宇宙旅行的文明来说，这不是更容易的事情吗？”

“话是这样没错……但是，还是有点……”

“信不信由你。”

老板咧着嘴笑，多贤却有些糊涂了。

“反正，其他居民好像没有像我一样有想回去的想法。”

“为什么？”

“嗯……可能是在某个地方找到了合自己口味的食物吧，或者是喜欢地球，只需要忍受饮食上的难处。”

在这条安静的道路上开店之前，老板的最后一份工作是试管肉评价研究员。这份工作是对在多种条件下培养的试管肉的味道和口感进行评价。她期待这份工作能比试吃宠物粮更好理解人类的味觉，便选择了这份工作。当时试管肉还不好吃，也未被普及。如今试管肉的味道得到了很大的改善，并且考虑到环境和伦理因素，现在几乎所有的肉都是试管肉了。

但所谓的最近也已经是几年前的事情了……

多贤很想问老板到底多少岁了，最终还是忍住了。从老板的外貌来看，说和多贤是同龄人也不会让人生疑。但有那么多经历的话，不应该比多贤大个二十岁吗？多贤惊讶于老板做过那么多不同的工作，但也觉得那种程度的勤奋不是普通人，是其他行星的人才能做到的。同时，多贤觉得外星人能够做对于地球人来说艰难的工作这一点很了不起。

“我听说我们行星的人经常迫降地球，我们星球著名的旅游景点和地球的坐标很相似。如果发音不准确，又没有经过反复确认的话，这种事完全有可能发生。”

老板耸了耸肩。

“所以，我一开始是想为和我一样受苦的同星球的人做好吃的食物，但我不知道他们住在哪里。地球比想象中要大很多，我也不可能看到一个可疑的人就抓着人家问是不是来自外行星的。”

多贤不自觉点了点头，越听越觉得这个故事很有说服力。老板说：“如今我在网上运营一个‘专为另类口味研发的食谱’的博客。来自外星的我们也需要美味的食物，但地球对待不同口味的人还是太冷漠了。我不知道有没有人从我的食谱中得到帮助，但地球人经常回帖说，跟着食谱做出来的食物很黑暗。”

多贤觉得刚才吃的手工汉堡味道还不错，不过既然回帖是那样的话，似乎合外星人口味的食物味道是非常不一样的。多贤笑着问道：“那最终找到好吃的食物了吗？”

“当然啦。”

老板自豪地说。

“现在上桌的都是符合地球人口味的食物。但不给别人做菜的时候，我会为自己做菜。我现在已经能做出很多好吃的东西了，不过我依然还有工作要做。”

老板说着就走进厨房了。被遮住的厨房后面传来了老板的声音。

“我要做出能和地球人一起享受的食物。毕竟在地球上，分享食物的行为有着特别的意义，不是吗？”

多贤听了这话微微一笑。

“最近也不总是这样，大家都觉得一个人吃饭很舒服。”

老板再次出现在了吧台前，她拿着两个装有甜点的杯子，一个杯子放在多贤面前，另一个放在自己面前。

“但偶尔也需要一起分享的乐趣。”

就像之前见到的汤一样，布丁上堆满了厚厚的泡沫，灰蒙蒙的，像云朵一样。老板用勺子舀了一口布丁，看上去非常满足。

“我觉得非常好吃，地球人也觉得还不错，你也尝尝。”

多贤像老板一样，把布丁的每一层都舀起来吃了一口。入口最先感受到泡沫的咸味，接着是云一般的绵软夹杂着甜蜜在嘴里化开。多贤激动地说道：“真的很好吃，真的！”

“谢谢。合你的口味真是太好了。”

老板补充完最后一句话，用些许怀疑的目光看了看多贤，又立马露出了灿烂的笑容。

好像和老板聊了很长时间，然而从店里出来才过去了一个小时左右。多贤刚从店里出来，就接到柳真的电话，说他马上就到服务区了。后来才知道，海洋生物研究所的员工说要给柳真看在海上新发现的独特花纹海星，这才晚了。

多贤本来想和柳真谈谈刚才那家奇怪的餐厅，虽然自己现在仍然无法理解。不知何故多贤又觉得不用再提，便闭口不谈。

有很长一段时间多贤都没有再去过江陵海洋生物研究所。一年后，当多贤再次和柳真一起去研究所出差时，她执意要去服务区。柳真虽然纳闷倒也依着她。

但店铺却消失不见了，连存在过的痕迹也没有了。大概是因为来服务区的人太少就关闭了。多贤想起老板说在运营什么食谱博客，就搜索了一下，却只出现了“无法访问”的提示语，一切好似一场梦。

此后，多贤每次遇到偶尔做出黑暗料理的人时，就会想那个人是不是掺杂了点儿外星人的基因。总之，多贤希望地球能给那些有着不同味觉的居民多一点宽容。

多贤变得比以前喜欢布丁了。多贤以前很讨厌甜点，奇怪的是，自从吃了那天的布丁后，多贤便觉得布丁值得一吃。要是听说哪家的咖啡店布丁很好吃，还会专门前去品尝，便利店一上新也会买来吃。当然，再也没有当时那般完美的味道。

不过在某一个瞬间，多贤理解到了人生的苦味。每当多贤想到在哪里能感受这种味道时，就会想起与迫降地球的外星人老板分享的奇妙午餐，很久以前和来自另一个行星的她擦肩而过的对话，还有吃一勺云朵布丁的味道。

这样想想，舌尖似乎还漫着微甜。

边缘之外

以下是管理者泰德 AI 对特派员 B-492100 提交的关于“帕纳莫尔地区云雾林村调查活动”自动意识技术报告书进行第二次讨论的结果，并要求讨论者提出最终意见。

沿着帕纳莫尔山脉……人类正走向灭亡……被污染的植物……蘑菇……特派员……

*因原件受损，无法了解全部内容。

*提及其他特派员。

*若提及处理措施，可能被选为下一个处理对象。

讨论意见：全文删除并重写。

因无法找到原件，需以自撰报告书替代。

…………

[警告：现用工作芯片未获当局许可，有爆炸或侵蚀危险，该项违反 C–3057 条款进行了非法改造，建议立即清除。]

[通知查询]

对特派员编号 B–492100 提出警告。

上述特派员在得到批准后前往帕纳莫尔地区，但在行动时违反A–2489条款中“自动意识技术报告书原件维护义务”的规定，提交了未达到D–072条款中规定的“认可为收集行动的样本”标准的样本，给予低分。因此对该特派员给予警告处分，并做停职处理。

…………

[此信息仅当次有效，阅后即删。]

[现在要读吗？]

[OK]

[模式 – 不合作]

拉特纳，你还好吗？希望你现在在安全的地方。

幸亏上次我中途拿到了报告并做了修改，如果落到别人手里，那将会非常危险。他们竟然是身上长蘑菇的人！果然你还是应该参加这次会议，但我不能那么明显地直接删除整篇报告，所以没能阻止你被停职处理。监视我们的泰德，那小子本来就不是好人，稍微有点儿可疑就抓把柄。

这次会议的举办地你也熟悉，在得克萨斯范霍恩附近的沙漠。大概是2020年，天真的程序员和设计师们制造了“走一万年的时钟”，当时谁都不知道地球会变成现在这样。一万年是什么概念，几十年后我们都要面临死亡危机了。但为了尊重过去的人，为了确认荒地的污染状态，我们决定在那里召开“不合作特派员”会议。进入深邃的洞窟，阳光洒在头顶，缓慢的时钟以无法辨清的速度转动着，但可以肯定的是，那么多机械装置一直在运转。一万年后，在连时钟也停止的时候，这个地球会变成什么样子呢？

我们在山洞里谈到了你、柳京和欧文的近况。不过很遗憾，如你预测的那样，欧文受到了处分。虽然我们所做的事情总是暗藏危险，但失去同事也不是一件开心的事。当然，即使欧文不站在我们这边，也是个会缩短自己寿命、奋不顾身的科学家。

在会议上，我们还讨论了如何应对总部日益严重的思想调查。如你所知，总部怀疑特派员中有人侵入特派员网、故意传播外星物种。他们把这场“大渗透”当成什么间谍战了吗？如果暂时放下二十世纪科幻电影在人类大脑中造成的强烈偏见，就能明白现在地球上的外星植物到底在做什么。他们只是在做植物的工作，不是吗？虽然我们在跟它们战斗，但也有人认为外星植物在试图一点点支配人类的精神，制订破坏隔离城市的计划……就算不用这种方式调查内部人员，我们仍有很多需要注意的问题。

尽管如此，我们为了保护“不合作特派员”的安全，新制定了多种暗号。我现在发给你的这条信息就使用了其中一个方法。希望下次会议能见到你，这样我就能告诉你这个暗号的编写方法。

要告诉你的另一则消息请参阅附带的会议摘要。对了，伊泽洛夫说他在保护一个从隔离城市逃跑的克隆男孩。为什么非要单独说这个呢，是因为那孩子看到你寄来的菌体样本后，他的反应让人觉得他似乎知道些什么。目前还没有特派员能和那个孩子聊一聊，所以原因暂时不明。现在伊泽洛夫和柳京在轮流保护那孩子，并试图和他对话。如果能说服他，也许就能确认那帮家伙在克隆所做些什么可怕的事情。

再说回那个时钟，你知道我们在那个山洞里看到了什么吗？我们惊讶地发现，支撑时钟机器零件的水晶柱上缠满了外星植物。这到底是谁种植的呢，还是连荒地都能钻的外星植物也钻进那个洞里了呢？不管怎么说，现在说一万年还是天方夜谭。别说一万年了，要不了几十年，我们就已经成为和现在完全不同的物种了吧，地球上的风景也是如此。那会是什么样子呢？真的如总部所说的那样可怕吗？

特派员们为了最大限度地减缓侵蚀速度、被感染植物的传播速度，正在世界各地奔波。但也有些人说还不如适应侵蚀。从侵蚀造成的可怕事件来看，这似乎太天真了，还不如找出与这些非凡的外星生物共存的方法。

该如何对待外星植物呢，我们“不合作特派员”之间也没能达成一致。正如上次你通过调查所提议的那样，与奇异的菌种形成神经系统联合也可能是方法之一。云雾林村民们看似过着可怕的生活，倒也完全没有受到狂症影响，这真是个有趣的发现，也许他们的生活就是答案。也就是说，把我们的大脑交给生活在地球上的蘑菇，对外星植物做适当的妥协。嗯，大概总部也觉得这很可怕……不过可以肯定的是，我们不能就这样活下去，我们已经发生了改变，再也回不去了。

我现在在魔方里培养你寄给我的样品，可惜这些菌丝没有正常生长，也没有建立联络网或形成集体智能，也许光靠它们自己不能完成，只有在沼泽环境和云雾林那种特定环境下才能真正发挥作用。就像我们人类一样。

总之，拉特纳，我期待能再见到你的那一天。为了消磨你无趣的停职时光，我给你传了一些有趣的电视剧。你可以看看过去人们对太空旅行的想象。他们是如何运用各种物理学知识设计出走向宇宙的方法的。哎，说什么宇宙！即使在地球被夺走一半的情况下，我们仍然无法离开这个星球，是不是很有趣？

你的同事，严宇

出 品 人：许　永
出版统筹：海　云
责任编辑：许宗华
特邀编辑：何青泓
封面设计：刘晓昕
内文制作：万　雪
印制总监：蒋　波
发行总监：田峰峥

发　　行：北京创美汇品图书有限公司
发行热线：010-59799930
投稿信箱：cmsdbj@163.com